加護なし聖女は冷酷公爵様に愛さ

～優しさに触れて世界で唯一の加護が開花するなんて

！～

Rin Sakurada
櫻田りん

Illustration:Rin Hagiwara
萩原凜

Ni NOVELS

CONTENTS

加護なし聖女は冷酷公爵様に愛される
～優しさに触れて世界で唯一の加護が開花するなんて聞いてません！～

――どうして、こんなことになっているのだろう。

「レイミア、夜に男と部屋で二人きりなんて、もう少し警戒心を持ったほうがいい。……あんなふうに無邪気に大好きだなんて言われたら、我慢ができなくなる」

「……っ、ダメです、ヒュース様……っ」

ひんやりとしたシーツの上。頭上で手首を縫い付けられたレイミアは、潤んだ瞳でヒュースを見つめる。

ヒュースは「ふっ」と小さく笑うと、そんなレイミアにぐいと顔を近付けた。

「本当に嫌ならば言霊を使うと良い。……使わないなら――」

「レイミア、聖女とは名ばかりの、役立たずのあんたに一つ仕事をあげるわ。三日後、ヒュース・メクレンブルク公爵のところへ嫁ぎなさい」

「えっ……。私がですか……⁉」

礼拝堂の清掃中、汚水をわざとかけられたのは数分前だっただろうか。床にぺったりとついた尻と同じように、全身から滴る水が冷たい。何より臭い。

加害者であるアドリエンヌが見下ろしてくる表情といえば酷《ひど》く楽しそうで、周りの聖女たちの表情もまたレイミアを嘲るものだ。

そんな中で、レイミアはアドリエンヌを見つめるのが精一杯だった。

「そうよ。聖女の紋章はあるくせに加護《ギフト》がいつまで経っても目覚めないあんたに、結婚なんて過ぎた話でしょう？　いくら相手があの、冷酷だと言われている半魔公爵だとしてもね」

ポルゴア王国で一番の聖女と謳《うた》われるアドリエンヌは、ここポルゴア大神殿の女神のような存在だ。

ポルゴア王国にはレイミアを含めて十数人の聖女がいるが、加護《ギフト》を持っていることはもちろん、豊富な魔力量と、目を引く妖艶な容姿から、彼女は大聖女なんて呼ばれていた。

「アドリエンヌ様……公爵様が私を妻にと望んだのですか？」

比べて、いまだに加護《ギフト》が発動せず『加護なし聖女』と呼ばれるレイミアは、使用人以下の扱いをされてきた。

加護《ギフト》とは、非常に希少な特殊能力のことだ。

加護《ギフト》が発動する可能性のある者には幼少期、全身の何処《どこ》かに十字架の形の痣《あざ》のようなものが浮かび上がる。それは聖女の紋章とも呼ばれていた。

女性にしかその紋章は現れない。結界を張る、土地を浄化する、怪我を回復させるなど、一般的な魔法では扱えないものが加護《ギフト》の特徴である。

そして、レイミアは紋章はあるが、どんな些細《ささい》な加護《ギフト》も発動しないことから、加護なし聖女と呼ばれているのだった。

レイミアの質問に、アドリエンヌは「あはははっ」と高らかに笑ってみせた。

「そんなわけないでしょう？　あんたを聖女として引き取った手前、神殿の権威のために加護なしだってこと隠しているけれど、なんの加護《ギフト》もないあんたに縁談なんて来るはずないでしょう！」

「では、どうしてですか……？」

「陛下からの命令よ。聖女を公爵様の元へ嫁がせて、共に魔物の対応に当たるように、ってね。あの半魔公爵……ヒュース・メクレンブルクの元に、加護に選ばれし私やこの子たちが行くのは、ねぇ？」

ヒュースに対する物言いにレイミアは一瞬ピクと身体を反応させたが、何も言葉にすることはなかった。

――レイミアは以前から、メクレンブルク公爵領に魔物が大量発生していることは知っていた。

聖女の派遣頻度を増やしてほしいと要請されていることも。

けれど聖女は日々多忙だ。

いくら公爵領が対魔物の土地として重要だとしても、要請の度に行けるわけではなかったし、何よりアドリエンヌたち聖女は自分の身可愛《かわい》さに、過酷な土地に出向くのを嫌がり、要請を断ることが多かった。

だから今回、派遣という形ではなく半ば無理やり婚姻という形を取ったのだろう。だというのに。

(なんの力もない私が行っても、公爵領に蔓延《はびこ》る魔物をどうにかすることはできない……)

けれど、それを進言しても決定が覆らないことをレイミアは身をもって知っている。神殿に来てからずっと、アドリエンヌ率いる聖女たちからの悪口や嫌がらせ行為を受ける度に止《や》めてくださいと懇願しても、叶《かな》うことはなかったから。

(私が何を言っても、この様子だとすでにもう決定事項なのよね)

けれど確認しておかなければと、レイミアはおずおずと口を開いた。

「神殿長も、私が公爵領へ行くことに賛成したのですか……?」

「ええ、もちろん」

にっこりと微笑《ほほえ》むアドリエンヌに、レイミアは眉尻を下げた。

アドリエンヌは侯爵家の人間だ。大聖女と呼ばれていることもあって、神殿での権力は凄《すさ》まじい。そんな彼女の決断には神殿長もあまり口を出せないようだった。

「わかり、ました……」

レイミアがぽつりと呟《つぶや》くと、アドリエンヌは「ふんっ」と鼻を鳴らす。

そうして、バタンと力強く扉を閉めて礼拝堂を出ていった、アドリエンヌとその取り巻きである聖女たちの背中を見つめるレイミアの瞳の奥がゆらりと揺れた。


――レイミアがポルゴア神殿に引き取られたのは今から十年前の八歳の時だった。

レイミアは、パーシー子爵家の長女として生を受けた。典型的な政略結婚をした両親はあまり仲が良くなく、家庭内は常にギスギスしていた。

そんな日々の中でも、レイミアは常に明るく振る舞い、どうにかして絵本にあるような幸せな家族になることを夢見ていたのだけれど。

『レイミア……貴方《あなた》、その紋章』

『えっ？』

八歳の誕生日、形だけの誕生日会を開いたときのこと。

膝下丈のドレスを身に纏《まと》ったレイミアの変化に母が気付いたのは、本当に偶然だった。

『ふくらはぎのその紋章!!　それは加護《ギフト》を持つ者の証《あかし》だわ！　凄《すご》いじゃないレイミア!!』

——それが、全ての始まりだった。

聖女の紋章がある者は、いわば未来の聖女だ。聖女といえば国の宝——貴族の娘ならば、その家はどれだけ栄えるだろう。

何より、ポルゴア神殿では貴重な未来の聖女を確保するため、紋章を持つ娘は能力が目覚める前の段階から神殿に引き取られるという噂《うわさ》が広まっていた。その際に、多額の金銭がその家に渡されることも。

（けれど……私の加護《ギフト》は目覚めなかった）

過去に、一体自身の加護《ギフト》はどんな能力なのだろうと疑問を持ったレイミアは結界を張ろうとしたり、土地の浄化を試してみたり、怪我《けが》人に治療を施そうとしたのだが、それらの加護《ギフト》が発動することはなかった。

それだけでも悩ましいというのに、更に、アドリエンヌにとんでもない命令をされたことで、レイミアは重たいため息をついた。

「ハァ……親に売られ、今度は聖女を求める土地に嫁がされるだなんて」

とはいえ、嘆いたところで状況は変わらない。

レイミアは汚水で汚れてしまっている辺りを掃除してから、自室へと帰ると、濡れた髪を拭き始めた。

粗方拭き終わると、窓から外を見つめる。

漆黒の中に浮かぶ月を見上げていると、自室に戻ってからわりと長い時間物思いに耽《ふけ》っていたことをレイミアは理解した。そして「あ……」と声を漏らすと、ぽつりと呟いた。

「待って……加護なしの私が公爵領に行ってもなんの役にも立たないわけだから、突き返されるんじゃや……？　えええ……どうしましょう……」

その声は、質素で狭いレイミアの部屋の中で弱々しく響いた。

◇◇◇

ヒュースの元へ嫁ぐ三日後はすぐにやってきた。レイミアは一度天を仰ぐと、深いため息をつく。

「……まさか監視をつけられるなんて思わなかった」

逃げる可能性を考えたのか、この三日間は常に見張りがついており、気が休まらなかった。

「ふぅ、気が重い……」

手持ちで一番まともな緑のワンピースと、この日初めて支給された聖女の純白のローブに袖を通したレイミアは、再び重いため息を漏らす。

「このローブをこんなふうに着ることになるなんて思わなかったな……」

聖女のローブは、名実ともに聖女と認められた者にしか与えられない。レイミアには一応聖女という肩書きはあるものの、実情はそうではなかったので、今日までもらえずにいた。

「公爵様に会う際に、このローブを着ていたら聖女だという証明になるものね」

このローブが着られる頃には、アドリエンヌたちからの嫌がらせはなくなるに違いない。加護《ギフト》が目覚め、人の役に立てているに違いない。

（……なんて思って、欲しくて欲しくて仕方がなかった聖女のローブを、まさか公爵様を騙《だま》すために着ることになるなんて……）

――それは二日前のこと。

レイミアは監視がつけられている中でも、神殿内ならばある程度自由に動くことができたため、アドリエンヌに会いに行ったときのことだった。疑問を投げ掛けると、アドリエンヌは嘲笑《あざわら》うように鼻を鳴らした。

『加護なしだからってあんたが突き返されたらどうするかですって？　そんなのローブを着ていればバレないわよ。聖女の力については調子が悪いとか言えば？　とにかく王命なんだから、しっかりと結婚までは漕《こ》ぎ着けなさいよね。もし失敗して戻ってきたりしたら――』

（あー……思い出したくない……!!　理由はどうあれ王命に背いて戻ってきたら、牢屋《ろうや》行きだなんて……！）

それは嫌すぎる。神殿で嫌がらせを受ける日々も耐え難かったけれど、罪人になるのはもっと嫌だ。つまり、レイミアはどうあっても聖女としてヒュースと契りを結ばなければならないのだ。

（公爵様側からの即離婚なら……罪にはならないのかな。どうだろう）

とはいえ、今はそれを考えても仕方がない。というか、どうなろうともレイミアには選択肢はないのだから、腹をくくるしかないのだ。

「ヒュース・メクレンブルク公爵様には悪いけれど……即結婚、即離婚して、他の聖女を指名してもらうしか道はないわね……」

ヒュースに対して尋常ではない罪悪感はあるものの、レイミアだって罪人になるのは嫌だ。

何度目かのため息をついてから、レイミアは重たい足取りで馬車に乗り込んだ。

◇◇◇

「メクレンブルク公爵様って、一体どんな方なんだろう……」

馬車に揺られ、レイミアは罪悪感を抱きながら将来の旦那様になる……かもしれない男のことを思い浮かべた。

――ヒュース・メクレンブルク。

二十六歳にして爵位を継いだ、若き公爵である。

彼の別名は『半魔公爵』であり、その由来は文字通り彼が人間と魔族の混血だからに他ならない。

「確か、ここ百年ほどで魔族や半魔族と人間との共生が適ったのよね。貴族と魔族が結婚して、半魔族である公爵様が生まれるくらいには……でも……」

魔族は知能が高い。その容貌はかなり人間に近く、穏やかな性格の者がほとんどだ。

何より魔族は、一般的に知能の低い獣型の魔物とは違い、理由もなく襲ってきたりはしない。

けれどこの辺りをきちんと理解せず魔族と魔物を一緒だと思い込み、国から正式に共生が認められている魔族のことを嫌悪する者も少なくないのが実情だった。

そのため、共生が認められているとはいえ、人間同士、魔族同士のように仲良くというわけにはいかなかった。

現に、魔族と仲良くする人間は、人里を追い出されたり、差別されたりすることだってある。

魔族と人間の混血である半魔族なんて、尚更《なおさら》――。

(公爵様はもしかしたら、人間からも魔族からも、差別的な目を向けられているのかもしれない……。私などよりずっと辛《つら》い人生を送っているのかもしれないわね)

公爵として領地や民を守らねばならないのに、救いの手である聖女に要請を断られるなんて。

公爵領の魔物の数に怯《ひる》んだこともそうだが、おそらく聖女たちが要請を拒んだ最たる理由は、ヒュースが半魔族だからなのだろう。

魔族は魔物と同じ穢《けが》れた存在。尊く、清いとされている聖女とは相反する者だと考えているに違いなかった。

「それにしても、なんて荒れた道なんでしょう……」

神殿を出てから半日ほど経った頃。公爵領までは残りバリオン森を通るだけとなったのだが、それが問題だった。

「相当魔物が出るのね……だから道の舗装も十分に出来ないみたい」

日の光があまり入らず、どこか湿り気がある森を馬車で進むレイミアは、窓から外を眺めてみる。

パッと見は、世間一般の森とそれ程変わらない。

だが、所々にある動物とは違う足跡に、ここが魔物の住処《すみか》であり、公爵領の抱える問題の最たる場所だということは明明白白だった。

（今大量の魔物に出くわしたら、命はない。馭者《ぎょしゃ》の方には申し訳ないけど、ここでは休憩を挟まずに進んでもらわなきゃ）

「うう……それにしても、長時間、馬車に乗っているのはきついわね……」

神殿では嫌がらせの一環で、残り物の食べ物しか与えられなかったレイミアの身体は酷く細い。肌もボロボロで、ウェーブの掛かったブラウンの髪の毛には艶がなく、ローズクオーツを埋め込んだような瞳だけがキラリと光る。

「さて、と、もう少しで森は抜けるかな――って、え!?」

――そのとき、ガタン!! と大きく馬車が揺れたと思ったら、次の瞬間、馬がヒヒィン!! と甲高く鳴いて足を止めた。

同時に聞こえた「最悪だ……!!」という馭者の声に、レイミアは反射的に馬車の外に飛び出してしまった。

「なっ……!! 魔物が辺りいっぱいに……!」

一般的な貴族令嬢であれば、嫁ぐ際には生家から数名の侍女をお供に連れていく。だがレイミアには代わりに外を見にいってくれる者がおらず、突然の事態に外に飛び出してしまったのである。

そしてその判断は、レイミアを窮地に追い込むには十分すぎた。

「こんな危険なところ進めるか!! おら!! 早く動け!! 引き返すぞ!!」

「……!? 待って……! 待ってください……!!」

素早く道を引き返した馭者は、レイミアの言葉など耳に入らないのか、その場にレイミアを残して去っていった。

「そ……んな……っ」

大切なものは常に持っておかないと、嫌がらせの一環で捨てられてしまう、壊されてしまう。

そんな神殿暮らしの影響で、無意識に鞄《かばん》だけは持っていたレイミアだったが、この状況ではそれはなんの役にもたたなかった。

「いや……っ、死にたく、ない」

獣に似ているが、一般的な獣とは明らかに違う姿の魔物が、目の前に両手の指の数ほどいる。

駆者のように来た道を引き返そうかとも思ったが、一足遅かったようで、もう完全に囲まれてしまっていた。そもそも、人間の足で魔物に勝てるはずもないのだけれど。

(嫌だ、死にたくない、誰か助けて……こっちに来ないで……!!)

膝からカクンと崩れ落ちたレイミアは、迫る恐怖に唇を震わせながら、内心でそんなことを願った。

声に出さなかったのは――否、出せなかったのは、あまりの恐怖と、神殿で暮らした十年間、いかなる意見も、懇願も、聞き入れられなかったからだった。

「…………っ」

魔物たちがレイミアに向かって一斉に襲いかかる。

レイミアはギュッと目を瞑《つぶ》り、どうせなら最期くらい苦しみたくないと願った、その瞬間だった。

「――大丈夫か」

ぶわりと、辺りに風が吹く。

頭上から聞こえる心地《ここち》よい低い声に、レイミアがそろりと瞼《まぶた》を開けば、そこには頭に二本の漆黒の角を生やした、魔族と思われる眉目秀麗の男性が立っていた。

さらりとした銀の長髪を斜め左で束ね、ゆっくりと振り向いたときに交わった男性の蒼眼《そうがん》。こ

の世のものとは思えない美しい顔、やや憂いがあるような雰囲気にレイミアは目を奪われた。

（なんて綺麗《きれい》な……って、そうじゃない！）

おそらく目を瞑っている間に助けに入ってくれたのだろう。魔物の一部が倒れているのを目にしたレイミアは、それを確信すると魔族の男性を見上げた。

しかし、上手《うま》く声を出せないでいると、顔だけ振り向いた男性がおもむろに口を開いた。

「その純白のローブ……君が聖女か」

「……えっ、あの、まさか貴方様は……」

──魔族かと思ったが、もしかして。

ここが公爵領に繋《つな》がる森であることと、魔族の数はかなり少ないこと。

結婚相手であるヒュースは、公爵領の安全のために日々魔物の討伐を行い、頻繁に森に出入りしていることを知っていたレイミアは、何度か目を瞬《しばたた》かせた。

「もしかして、ヒュース・メクレンブルク公爵様ですか……!?」

「ああ。君が私の妻となるレイミア・パーシーだな。……と、挨拶は後だ。先に魔物を殲滅《せんめつ》する」

ヒュースはそう告げると、レイミアに向けていた視線を前方の魔物に向けた。

「……それにしても、今日も相変わらず多いものだ」

嘆くように呟いたヒュースの周りから、突然風が吹き荒れる。

至近距離にいるレイミアはその風の影響を受けず、むしろ風の盾に守られているようだ。

(これは……風魔法……!! さっきも風魔法で魔物を倒したのね……！)

魔族も半魔族も、人間の魔術師と同じように魔力を有しており、魔法を扱える。

肉体的にも人間より発達しているらしいが、今回は魔法を使うらしい。

「……出てこなければ、死なずに済んだものを」

その瞬間、刃《やいば》のような風が魔物たちを切り裂いていく。

レイミアを囲う風の盾は、その様子を見せない役割も担っており、肉体的にも精神的にも守ってくれていることを察したレイミアは、キュッと唇を結んだ。

(ああ、なんて)

聖女なら自分でどうにかしろと言われてもおかしくない。魔物を倒す現場など見慣れているだろうと配慮もせず魔物にだけ集中して、レイミアを守ることに意識を削《そ》がなくたって構わないはずなのに。

(この短時間でも分かる。公爵様は、なんて優しい方なんだろう。どう考えたって、冷酷だなんてあり得ないわ……)

レイミアはギスギスとした両親の元に生まれ、そして売られた。神殿で待っていた日々も地獄だった。

アドリエンヌからは執拗《しつよう》に虐《いじ》められ、周りの聖女からも悪態をつかれ、迫害され、神官たちには見て見ぬふりをされ――人から優しくされること、大事にされることを忘れていた。

だから、この感情が芽生えたのも、本当に久しぶりだった。

（……私、優しくしてもらって、嬉《うれ》しいんだ）

レイミアがそんな感情を思い出したと同時に、盾となっていた風魔法が小さくなっていく。

すると視界には倒れた魔物の姿もなく、どうやらすでにヒュースがレイミアの見えないところに飛ばしてくれたらしい。

「公爵様……なんとお礼を言ったら良いか……ありがとう、ございます」

恐怖で震えていた足に鞭《むち》をうち、レイミアはゆっくりと立ち上がると、深々と頭を下げた。

「気にするな。丁度さっきまで近くで魔物の討伐をしていたから、ついでだ。それより怪我はないか？」

「はい。私は大丈夫です。公爵様は——って、え⁉　公爵様……⁉」

ちょっと立ち話でもして移動をするのかなと思っていたレイミアだったが、突然その場に蹲《うずくま》ったヒュースの姿に目を見開いた。

僅かに唸《うな》るような声を上げるヒュースの状態を確認しなければ、とレイミアも地面に膝を突く。

彼の額に浮かぶ粒状の汗に、只事《ただごと》ではないことを察した。

「どうされたのですか……⁉　どこか痛みますか……⁉」

「……っ、ここに来る前、魔物から掠り傷をつけられて、な……おそらく身体を痺《しび》れさせる作用が……っ、あったん、だろ」

「……！　お仲間は近くにいますか……!?　解毒薬は持っていますか!?」

「どちらも……否……だ」

(な、何ですって………!?)

レイミアはいつか加護の能力が発動すると信じ、アドリエンヌたちが任務に出向いている間に魔物について調べていた。

だから、牙や爪に痺れ作用を持つ魔物は複数存在しており、その症状のほとんどは命に別状はないものの、相当の苦しみをもたらすらしいということを知っている。

(公爵様は半魔族……身体は丈夫だし、回復力も普通の人間よりは高いはず……命に別状はないと思うけれど……これではここから動けない……っ)

先程まで魔物がわんさかといたのだ。いつ何時、ここが再び魔物で溢れ返るかは分からなかった。

「公爵様……！　私の肩に摑まってください……っ！　辛いとは思いますが、立てますか……？」

「……っ、あ、ああ」

普通の人間ならば指一本を動かすのでさえきついと言われているのに、レイミアの力を借りて立ち上がるヒュースには凄いの一言だ。

「森を抜ける道、もしくはお仲間がいるところまで案内してください……！　私が必ず、公爵様を安全なところまで連れていきます……！」

「……っ、無理、だろう。一歩も動けて、いないぞ」

「……こ、これからです！　ふんぬっ！！！」

気合を入れて、まず一歩――。

しかし、レイミアは片足を前に踏み出しただけで、その後は続かなかった。産まれたての子鹿のように足をプルプルとさせて顔を真《ま》っ赤《か》にしながら立っているのが精一杯だ。

「む、無念です……っ、もっと鍛えていれば……!!」

「私の体重を……君のような華奢《きゃしゃ》な女性が、支えられるはず、ない、だろう」

ヒュースは一見細身に見えるが、鍛えているのかずっしりとしている。頭一つ分以上優に高い身長のせいもあって、レイミアにはどうともならなかった。

「……ここは危ない。私に構わなくとも……自分でどうにかするから、先にこの森を、抜けるんだ」

「そんな……！　そんなことをしたら公爵様は――」

「安心、しろ。少しくらい、なら、魔法が……使えるはずだ」

「そんな……！　無茶ですよ……っ」

魔法を発動するには、それなりの集中力がいる。十中八九、今の状況では無理だろう。

それに、いくら肉体的に強くとも、身体が痺れていては元も子もない。

そんな状態のヒュースを、恩人である彼を見捨てるなんてこと、レイミアにはできなかった。

「そ、その、私でも、盾にはなれますから……!!」

「……っ、変な、聖女、だな」

「申し訳ありません……お役に立てそうなのが、盾になることだけなんて」

魔物を自身で処理できなかったこと、結界を張って身を守ることもできず、ヒュースを回復させてあげられないことからも、おそらく彼にはレイミアが求めていた聖女とは決定的に違うということがバレてしまっただろう。

結婚の話はなくなり、アドリエンヌの言うとおり、罪人として牢屋に入ることになるかもしれない。

(けれど今は、そんなことを考えても無意味。死んだら、終わりなんだから)

そう、どうせ思考を働かせるなら、どうやったらこの森からヒュースと共に出られるか、生きて帰れるかを考えたほうが良い。

しかし悲しいかな、力を持たないレイミアは方法を思いついても、どれも実践することはできなかった。

(悔しい……っ、今まで惨めな気持ちはいくらでも味わってきたけど、こんなに悔しいと思うのは初めて……っ、どうして私には紋章があるのに、何の加護《ギフト》も発動しないの……！　どうして……!!)

しかし、そんなレイミアの思考も嘆きも、魔物はお構いなしだった。

茂みから聞こえるザザッという何かが動く音に反応したレイミアとヒュースは、先程と同様に現れた大量の魔物に目を見開いた。

「おい……！　いいから早く逃げろ……！　時間稼ぎぐらい、なら……なんとかする、から」

額に汗をかきながら弱々しい声で、そう告げるヒュース。

（公爵領の役には立たない名前だけの聖女だってもう分かってるはずなのに、責めるどころか、まだ守ってくれようとするなんて……）

神殿に入ってから徐々に言いたいことが言えなくなっていったレイミアだったけれど、ヒュースの優しさに触れたからか、このときは何故《なぜ》か、思いを口にすることができた。

「できません……！　公爵様は、当たり前のように私を助けてくださいました。惨《むご》いところを見せないよう、配慮までしてくださいました。そんなお優しい方を……放って逃げるなんて私にはできません……！　嫌です……!!」

そのとき、レイミアは自身の喉がジンジンと熱を帯び、直後、経験したことのない何かが溢れ出るような気がした。

「……っ、君は……」

「……っ？　なに、これ……魔力……？」

元から魔力は有していたものの、こんなふうに自然と込み上げてきたことはなかった。

そして、左足のふくらはぎにある紋章からも同じような熱を感じ、レイミアは感覚的になんなのかを理解した。

（この喉から溢れ出してくる何かを使えば…………加護《ギフト》が発動する気がする……！）

それにもう一つ。まるでその使い方を知っていたかというように、レイミアにはその加護《ギフト》がどんなものなのかも理解できた。

「おい、どう、した……？」

「……言葉……魔力を、言葉に乗せる……」

「……っ、本当に、どうし――」

――その瞬間、ヒュースの言葉を遮るように一斉に襲いかかってくる魔物の群れ。

ヒュースが痺れる体に鞭を打ってレイミアを庇《かば》うよう前に出ると同時に、レイミアは大きく息を吸い込んだ。

【こっちに来ないで‼　今すぐ立ち去りなさい‼】

喉に魔力が込み上げてくる中、明確な意志を持って魔物たちに吐き出されたレイミアの言葉は、魔物たちの動きをピタリと止めた。

そして次の瞬間、まるで操られているようにレイミアとヒュースの前からいなくなっていく。

その様子を見てレイミアは心底安堵《あんど》してほっと胸を撫《な》で下ろした。

「良かった……できた……っ」

とりあえず目の前の危機は去ったが、ここは魔物の巣窟だ。

驚き瞠目《どうもく》するヒュースに見つめられながら、レイミアは集中したまま気を張っていたが、遠くから聞こえてくる声に耳を傾けた。

「ヒュース様……!! いらっしゃいますか、ヒュース様……!!」

「……! この声って……」

「ああ、私の部下、たちだ」

(良かった……助けが来てくれた……これでもう、大丈夫……)

そう思うと、プツン、と張り詰めていた糸が切れたのか、ヒュースを支えていた腕の力が抜け、レイミアはズルリと地面に倒れ込み、目を閉じた。

「レイミア嬢大丈夫か……!」と、心配そうなヒュースの声に、内心で大丈夫だと答えながら。

◇◇◇

「……ん……ここは……」

身体に気怠《けだる》さを感じながらも、レイミアは重たい瞼をそろりと開いた。

見慣れない模様が刻まれた天井に、人生で味わったことがないような柔らかくて寝心地の良いベッド。ローブは脱いであるようで身体がごわつくことはなかった。

（あれ……？　私、自分で脱いだんだっけ？　というか、ここ……どこだろう？）

ぼんやりとした状態でレイミアは上半身を起こすと、辺りを見回す。

シンプルだが清掃の行き届いた清潔な部屋は、やはり見覚えがなかった。

「……ああ、起きたのか」

「えっ、公爵様……！」

——キィ、と扉が開き、ヒュースに声を掛けられたレイミアは姿勢を正す。

「楽にしてくれ」と言われても、立場上それを甘んじて受け入れることは些《いささ》か困難だった。

レイミアが動揺している最中に、ヒュースは表情を変えずにベッドまで近づいてくると、じっと彼女を見下ろした。

「まずは楽にしてくれ。それと、ここは公爵領の私の屋敷だ。部下たちが救出に来てくれたため、君も屋敷に連れてきた。ローブは汚れていたためメイドに脱がさせて、洗わせているところだ。君が眠っていたのは二、三時間だろうか。医者にも見てもらったが、おそらく心身の過労だろうと」

「な、なるほど……詳しくありがとうございます……って、公爵様……！　もう痺れは取れたのですか？」

「ああ。部下が持っていた薬を飲んだから平気だ。いや、今は私のことはどうでも良くてだな」

ヒュースはそう言うと、深く腰を折った。

いきなりのことにレイミアが「……へ⁉」と素っ頓狂な声を上げると、ヒュースがそれに続くように聞き心地のいい低い声を漏らした。

「レイミア嬢、私のことを助けてくれて本当にありがとう」

「な、何を仰《おっしゃ》るのですか‼　私の方こそ助けていただいてありがとうございます……！　どうか頭を上げてください……‼」

「……君は、優しい女性だな」

「普通です！　どこにでもいるただの女です！　お願いですから頭を上げてください……‼」

あまりにも必死な声色に、ヒュースは少しだけ笑みを零《こぼ》す。

それからスムーズな動きでベッドの近くの椅子に腰を下ろしたヒュースは、そろりと視線をレイミアへ向けた。

「……それなら、とりあえず自己紹介をしようか。先程はバタバタしていたからな。公爵家当主、ヒュース・メクレンブルクだ。歳は二十六になる。知っているとは思うが半分魔族の血が入っている。よろしく頼む」

「私はポルゴア神殿から参りました、レイミア・パーシーと申します。生家は子爵家で……一応、その、聖女と言ってもいいのかあれなのですが……王命で公爵様のもとに嫁ぐためやって参りました。こちらこそよろしくお願いします……」

レイミアの煮え切らない挨拶に、ヒュースは怪訝《けげん》そうな顔を見せる。

先程力強い言葉で魔物を退かせたレイミアと、今のレイミアがまるで別人のようだったからだ。

「どうしてそんなに自信がないんだ。先程の君は凄かった。言葉だけで魔物を退かせるなど、まるで神の力だ。流石《さすが》は『言霊聖女』だな」

「言霊……聖女……？」

聖女が使える加護《ギフト》にはいくつか種類がある。いくら神殿では酷い扱いを受けていようと、レイミアもそれくらいのことは知っているのだけれど。

（言霊聖女なんて、聞いたことあったっけ……あっ）

そこでレイミアは、神殿長が神官たちと話していたときに聞いたことがあるものだということを思い出した。

「言霊って……確か、もう数百年は目覚めていないっていう加護《ギフト》では……」

「そうだ。結界や治癒などの加護は現時点でも複数確認できているはずだし、今までその数に変動はあれど途絶えたことはなかったが……おそらく言霊の加護を発動できるのは世界で唯一、レイミア嬢だけだろうな」

「………!?」

感覚的に使えたあの力。魔力を込めた言葉には力が宿るのだと本能的に分かり、これが加護だということも確信していた。けれど。

（言霊の加護が世界で唯一……!?　もしかしてこれは夢なんじゃ……!?）

加護《ギフト》が目覚めたことは素直に嬉しい。しかしあまりに突然のことだったたし、世界で唯一無二だなんていくらなんでも……とレイミアは自身の頬を抓《つね》るが、当然痛かった。

「夢じゃない……」

「何をしている。痛いだろう、やめるんだ」

心配そうな声色でヒュースにそう言われたレイミアは、頬を摘《つま》んでいた手をゆっくりと下ろす。

夢ではないことを再認識すると、じいっと見つめてくるヒュースに「あの？」と問いかけた。

「森での様子を見た時から思っていたんだが、君の加護《ギフト》が目覚めたのはあの時か？」

「…………。はい、そうなんです……」

「……ああ、なるほど。どうりで」

納得したのか、ふむと顎に手をやって考え込むヒュース。

どこか儚《はかな》げな美しい顔で考え込んでいるその姿は、まるでどこかの絵画のように絵になるなぁ、なんてレイミアは思っているが、そんなことを考えている場合ではなかった。

（もしかして私、神殿に帰れって言われるかも……？）

というのも、ヒュースの話曰《いわ》く、言霊聖女は世界で唯一無二の希少な存在だ。

それに、実際に魔物を退かせてみせたことから、言霊の能力が公爵領にとってはある程度は役に立つだろう。

けれど、問題は山積みなのだ。

「あの……もしや私は神殿に帰されてしまうのでしょうか？」

「……何故その考えに至ったか、説明してもらっても良いだろうか。あまりにも脈絡がなさすぎて悪いが分からない」

怒っているわけではないのだろう。

顔が整いすぎているためやや威圧感は感じてしまうものの、こちらを落ち着かせようとしているヒュースの声色に、レイミアは一度胸に手を当てて冷静にと心の中で呟いた。

「先《ま》ずは、私が公爵様を騙していたからです。……今日能力が発動したということは、今までは無能だったということ。……それなのに、聖女の力を求める公爵様の元に、私は来ました」

「……他にはあるか？」

「はい。他にも――」

そこでレイミアは、こんなにも心優しいヒュースには嘘《うそ》を吐きたくないからと、言葉を紡いだ。

言霊の能力が目覚めたとはいえ、何がどこまで出来るかはっきりしていない以上、どこまで公爵領の役に立てるか分からないこと。突然目覚めた能力ならば、突然消えてしまうこともあるのではないかと危惧していること。

そのため、レイミアとの婚姻を結ぶよりも、現在神殿にいる聖女の誰かと婚姻を結ぶ方が、ヒユースや公爵領にとって良いかもしれないと。

それらを口にすると、ヒュースは少し前のめりになって、レイミアの俯《うつむ》いた顔を覗《のぞ》き込んだ。

「……私との婚姻が嫌なのか？　もしくは神殿に帰りたい？」

「……!?　それは全くありません……！　一切……一切そんなことはございません！」

俯いた顔を上げ、レイミアは曇りのない瞳でヒュースを見つめる。

否定するためにやや声を大きくして言うと、ヒュースがふっと笑った。

「そうか。それなら何の問題もない」

「ですが……」

「まず君を寄越《よこ》したのは神殿側の判断だ。レイミア嬢が気に病む必要はない。それに、王命とはいえ、聖女を妻にすることを受け入れたのは私だ。更に、私は君の言霊の能力を目にし、助けてもらった。目覚めたばかりの加護に対して不安を持つ気持ちはわかるが……君を神殿に帰す理由にはならないな。……これで答えになっているか？」

「……っ、はい」

（……なんて懐の深い……お優しすぎます公爵様……っ）

ヒュースの言葉に、レイミアの罪悪感や不安が全てなくなるわけではなかった。

けれど、家族とも違う、神殿の人間とも違う、包み込むような優しさを向けられて、レイミアの中で一つ、目標のようなものが出来た。

「私、これから公爵様の妻として、この土地の聖女として、精一杯頑張ります……！　公爵様のお役に立ちたいのです」

「…………！」

そのとき、ヒュースの目が僅かに見開く。どうやら驚いているらしい。

何か変なことを言ってしまったのかとレイミアが不安を募らせると、ヒュースは、片手で自身の口元を隠した。

「君は魔族の血が半分流れている私が怖くないのか？　穢らわしいと思わないのか？　聖女なら特にそう思うのではないのか？」

確かに、一般的な聖女ならばそうかもしれない。現に、レイミアが嫁ぐことになったのは、レイミア以外の聖女がそういう思想を持っているからだ。

レイミアだって、魔物と魔族を一括《ひとくく》りにして考えたことはあったし、もしも魔族が人間に牙を剝いたらと思うと恐ろしいのは事実だ。けれど。

「……私は、魔族も人間も、種族だけで分けることに意味なんてないと思っています」

共生が認められても、まだまだ魔族に対して危険だという考え方を持っている一部の人間たち。そのほとんどは魔物と魔族の違いを正しく理解していない。

何か騒ぎが起こったら魔族が悪いと犯人扱いされることも多く、すれ違うだけで嫌味を言われることも日常茶飯事だという。

今までのレイミアならば、大変そうだな……可哀想だな……と思うだけだっただろう。

けれど、ヒュースという心優しき半魔族と出会ったことで、レイミアは魔族がそんな扱いを受けていることが悲しくて、仕方がなかった。

だからだろうか。穏やかな口調で語るレイミアの声は、どこか切なさを孕《はら》んでいた。

「それに、公爵様は魔物を倒して私のことを助けてくださいました。自分の身も危ないのに、私の身を案じてくださいました。騙したことも許して、受け入れてくださいました」

こんなにも、誰かから優しさを向けられるのはいつぶりだろう。

切なさを孕んでいたレイミアの声は少しずつ明るくなっていき、無意識に頬も綻んでいく。

「そんな公爵様を、どうして怖いだなんて思うでしょう。穢らわしいなんて思うでしょう。……公爵様は、誰よりもお優しい方だというのに」

「…………っ」

穏やかな笑顔で紡いだレイミアの柔らかな声が、部屋に響く。

すると、次の瞬間、ヒュースは口元にやっていた手をずらして目の辺りを隠すようにして俯いた。

「公爵様……？」と不安そうに問いかけるレイミアは動揺のせいで、彼の耳がほんのりと赤くなっていることには気付かなかった。

「……参った。降参だ」

「え、降参？」

「ああ。……確かに私は聖女であるならば、誰であろうと受け入れるつもりだった。だがそれは、この土地に安寧をもたらすためのパートナーとして、だ」

「はい。そうですね？」

ヒュースが何を言いたいのかがいまいち読めないレイミアは、コテンと小首を傾げる。

もしや、やはり神殿に帰れと突き返されるのではと一瞬頭を過《よぎ》ったが、次のヒュースの言葉に、それは無駄な心配であったと思わされる。

「だが、今は少し違う。私は、君のことを大事にしたくて堪《たま》らなくなってしまった」

「………………。え？」

（今、公爵様……何だか凄いこと言わなかった？）

聞き間違えではないなら、何だか凄く甘い言葉だった気がする。

そう。まるで、ヒュースがレイミアに特別な感情を抱いてしまったと言ったような――。

（いやでも、それはないでしょう？　半魔族とはいえ、公爵家当主だし、こんなに美しい容姿をしているわけだし、この国の貴族令嬢の中には魔族の血筋を重要視せずに公爵様に憧れを持つ人くらいいるだろうし。冷酷だという噂は聞いていたけれど、どう考えたって心優しいお方だもの）

それに比べるとレイミアは言霊聖女とはいえ、能力が発現したばかりだ。見た目も普通、神殿での食生活のせいか、出るところが出ていない。

（わ、我ながら……）

そう考えると、都合のいい解釈をしそうになった自分が恥ずかしい。

レイミアは赤くなった頬をパタパタと手で扇いで熱を冷ますと、少し冷静になったのか「あっ」と何かを閃《ひらめ》いたように声を上げた。

「レイミア嬢……？　どうした」

「分かりました。分かりました公爵様。……そういうことだったのですね……！」

「……ん？　何がだ」と言いながら顔を上げたヒュースに、レイミアはキラキラとした瞳を向けた。

（簡単なことよ……！　他の人になくて私にあるもの！　それは言霊の加護《ギフト》！　きっと私の言霊能力の無限の可能性に目を付けてくれたのね……！　発現したばかりだから不安はあるけれど、裏を返せばこの能力がどれだけ公爵領のためになるか可能性は無限大だもの……！　公爵様はきっと、公爵領や民のことを思って、言霊の加護を持つ私を、最低限のパートナーとしての関わりではなく、大切にしなければと思ってくださったのね……！）

多感な時期、レイミアは常に神殿で過ごした。

周りの聖女は女性ばかりで、神官たちは自身の父より歳上の人ばかり。市井で流行《はや》るようなラブロマンスの本を読んだこともなく、恋愛を題材としたミュージカルなども見たことがなかった。

それに異性に求められたこともなければ、恋をしたこともない。そもそも、そんな境遇ではなかった。

ヒュースの言葉に違和感は覚えたものの、「まさか私のことを恋愛的に好きになるなんてないよね」という考え方もあって、それは致し方なかったのだろう。

レイミアは、自身の言霊能力をヒュースが重宝してくれている、だから大事にしたいだなんて優しい言葉をかけてもらえるのだと、このとき確信を持ったのだった。

「ありがとうございます公爵様……！」

「あ、ああ。絶対に大事にする。……絶対だ」

（絶対が二回も。なんて嬉しいんでしょう……慈悲深くて心優しい公爵様をお支えするために、私も頑張らなきゃ）

そうレイミアは内心で意気込むと、再びキラキラとした瞳をヒュースに向けた。

王命での政略結婚なわけだが、こうも能力を買ってくれて、優しい言葉をかけてくれるのだ。出来るだけ、私もと思うのは、当然だった。

「私も、公爵様のことを大切にします……！　それに、幸せにしますから……！」

「……っ、なら、レイミア嬢が私を大切にするよりも、もっと私が君を大切にして、幸せにしよう」

「えっ…………。ふふっ」

絶対に譲らないといった様子のヒュースに、レイミアからは自然と笑みが溢れた。

それから二人は、当たり障りのない世間話を交わす。

けれど、もう少しで完全に日が沈むという時間。穏やかな時間は突然轟音《ごうおん》によって一転した。

——ぐぅ〜！！！

「ハッ！　申し訳ありません……お耳汚しを……」

レイミアが両手をお腹《なか》に当て、音の正体の在《あ》り処《どころ》を露《あら》わにすると、ヒュースは目を何度か瞬かせてから、ふんわりと笑ってみせた。

「……ふっ、そろそろ晩餐《ばんさん》の時間だ。今日は部屋に持ってこさせるから、ゆっくりと食べるといい」

「すみません……ありがとうございます……。因《ちな》みに公爵様は？　いつもはどこでお食事を？」

「…………。どこで、というより、夜は食べないな。毎日朝に一食だけだ。昼は事務仕事で忙しいし、夜は魔物が活性化しやすいため、大体外に出ているから」

「…………は、はい？」

——いや、意味は理解できるのだが、そういうことではなく。

（成人男性が一日一食？　そういえば公爵様って少し細いかも？　いや、私も人のこと言えないけれど）

それに、よくよく見れば、ヒュースの美しい蒼眼の下には隈《くま》が見える。

魔物に襲われたり、言霊が発動したり、寝起きだったり、ヒュースが俯いていたりでじっくり見る機会がなかったけれども、なかなかに濃い隈だ。今まで気付かなかったのが不思議なくらいに。

「公爵様、非常にお忙しいのは分かるのですが、因みに睡眠時間はどれくらいでしょう？」

「そうだな、平均して二時間程度だ」

「二時間⁉　それいつか倒れますよ……⁉」

「丈夫だから平気だ。それに、部下たちに働かせて自分が休むのは性に合わない」

（真面目《まじめ》……‼　公爵様は真面目過ぎる……‼）

仕事や魔物への対策に追われて、部下のことまで考えているだなんて、真面目にしたって、度を超えている。

（これは……強制的にでも休ませないと、公爵様がいつか倒れてしまう）

そうしたら、周りに迷惑をかけたとヒュースが落ち込むかもしれない。

その迷惑をかけた分を挽回《ばんかい》しようと、より一層無茶をするかもしれない。

（それは……ダメ！　……あっ、そうだ）

そこで、ふとレイミアは思い付いた。

言霊能力が上手く使えれば、ヒュースのことを休ませられるのではないかと、ひいてはそれが彼の幸せに繋がるのではないかと。

（けれど、それをするには、まずは自分の能力を把握することが重要……うん、そうね）

レイミアは考えが固まると、「私、頑張りますので！」とヒュースに向かってキリリとした表情を見せる。

「あ、ああ。よろしく頼む」

「はい……!!」

それから、夜も更けてきたからと退室したヒュースを見送ったレイミアは、魔族のメイドが持ってきてくれた温かい食事で腹を満たしながら、ほうっと息をついた。

「温かい……柔らかい……それにこんなに沢山……美味《おい》しい……」

胃が満たされると、同時に心も満たされていく。

タイミングを見計らってお茶のおかわりを入れてくれるメイドに、レイミアは何度も何度もお礼を言いながら完食すると、食器類を下げてもらった。

それからゆっくり休めるよう、部屋に香を焚《た》いてくれたメイドに礼を言うと、レイミアはベッドに体を潜り込ませたのだった。

「ではおやすみなさいませ、レイミア様」

「はい……ありがとう……おやすみ、なさ、い」

（ああ……今日はなんて良い日なんでしょう……）

聖女たちからの嫌がらせから解放され、加護も目覚め、ヒュースには優しくしてもらって、神殿に突き返したりはしないと言ってもらえた。

加護《ギフト》に価値を感じてもらえて「大切にする」とも言ってもらえて、こんなに心が温まったのはいつぶりだろう。

(頑張ろう……受け入れてくださった公爵様のためにも……領民のためにも……加護の力を把握して、それ、から……)

食事の後、着替えたシルクの夜着の姿で、レイミアはベッドに身体を忍ばせたまま、ゆっくりと目を閉じる。

まるで夢を見ているみたいに幸せだなぁ、なんて思いながら。


「――で、嫁いできてくれた子は世界で唯一の言霊の加護持ちで、俺たち魔族や半魔族に対して偏見のない心優しい聖女様だと。役に立ちたいっていう健気《けなげ》な姿も愛らしくて？　それでお前は柄にもなく本気で惚《ほ》れちまったと。そういうことかよ？」

「まあ、そうだ」

夜空に月が浮かぶ中、ヒュースは側近のレオと共に屋敷の外に出ていた。

日中にも訪れたバリオン森にまで足を運ぶと、魔物の姿がいないかを確認しながら足を進めていく。

レイミアと別れてから、屋敷の者たち全員にレイミアのことは丁重に扱うようにヒュースは指示をした。そのときの熱量に側近のレオが気付き、「惚れたのか？」と問い詰められたのは先程のことだ。

視線は前を向けながらも、前後左右に気を張ったヒュースが間髪を容れずにレイミアに恋をし
たことは認める姿に、レオは「あははは っ」と大きな口を開けて笑い出したのだった。

「おい煩《うるさ》いぞ。わざわざ魔物を刺激するようなことをするな」

「わりーわりー。だってさ、今までお前どんな魔族にも人間にも恋愛感情を持たなかったじゃね
ぇか。それがまさか……この土地を嫌い、俺ら魔族のことを穢らわしい者だと決めつけてきた聖
女に、とはねぇ」

「レイミアは違う」

「それは分かったって！　一般的な話な！」

魔族特有の漆黒の角、尖《とが》った耳、鋭い爪——ヒュースとは違い、純血の魔族のレオ。

ヒュースの右腕であるレオが、釣り上がった瞳を細めてくしゃりと笑う。すると、同時にヒュ
ースはピタリと足を止めた。

「……レオ、魔物たちのお出ましだ」

「へぇへぇ。今日はどれくらい出てくるかねぇ」

——魔物と交戦して約二時間程経った頃だろうか。

「今日はとりあえず良いだろう」とヒュースが告げると、レオはその場で大の字に寝転んだ。

「ハァ――！　今日はしまいだ！　疲れた！」

「ご苦労。私は今から街を警備している部下たちの様子を見てくるとしよう。お前は先に戻れ」

やや汚れた洋服の砂埃《すなぼこり》を叩《たた》きながら、そんなことを言うヒュースにレオは呆《あき》れ顔だ。ヒュースが自らの体に鞭を打って働き過ぎなのは今に始まったことではないからである。

とはいえ、今までどれだけ休めと言っても聞いた試しがないため、レオが「へぇへぇ」と言って立ち上がると、バサリと聞こえた羽音にヒュースたちは夜空を見上げた。

「シュナ、どうした」

お仕着せ姿の女の魔族――シュナは、先程レイミアの食事の用意や湯浴《ゆあ》みの手伝いをしたメイドである。

魔族特有の漆黒の翼を閉じたシュナは、片膝をついてヒュースの前にしゃがむと、ゆっくりと口を開いた。

「公爵様、ご報告がございましたので馳《は》せ参じました」

「わざわざここに来るということは急ぎということか？」

「……急ぎと言いますか……そうですね、公爵様からしたら急ぎなのかもしれないと思い、参った次第です」

少し気まずそうな表情を見せるシュナ。普段あまり表情には出さない彼女にしては珍しいことに「シュナちゃんどしたの!?」と慌てているレオの気持ちも分からなくもない。

ヒュースが「話せ」と命じると、シュナはちらりと辺りを見渡した。

「ここに来た手前あれなのですが……いつ戦闘に入るか分からない状況でする話ではないかもと思い至りました。……その、レイミア様のことでして」

「レイミア嬢の？」

ヒュースがレイミアのことを大切に思っていることが伝わったのは、何もレオだけではない。屋敷のほとんどの者は何となく察しがついていたのである。

そのため、シュナは急ぎヒュースの元までやってきたのだが、この場所は真剣な話をするのに適してはいなかったことに、今更気付いたのだった。

「そうか。彼女の話ならここでするのはあれだな。だが警備兵たちの様子を――」

レイミアの話は気になるが、公爵として、領主としての仕事もある。

顎に手をやって悩むヒュースの肩に、レオはぽんと手を置いた。

「んなことは良いって！　代わりに俺が見てくるからさ。何か問題があったらすぐに知らせるし」

「……珍しいな。お前が自分から働こうとするなど」

「言い草よ。俺だってねー。ご主人様が愛する嫁さんの訳あり話をじっくり聞けるようにするくらいはしますよー」

「厳密にはまだ妻ではない。婚約者だ」

「どっちでもいいわ」

◇◇◇

「——それで、シュナ。レイミア嬢のことで話とは何だ」

仕事はレオに任せ、屋敷に戻ってきたヒュースはシュナに問いかける。

シュナは「それがですね……」と言ってから脳内で言葉を選んだ後、話し始めたのだった。

「レイミア様が食事をされる風景と湯浴みのときに見えた身体つきから、その……神殿で、酷い扱いを受けていた可能性があるやもと」

「——なに」

そのとき、ヒュースから凄まじい魔力が放たれた。

テーブルに置いてあったティーカップはパリンと音を立てて割れると、先程シュナが入れたばかりの温かいお茶がテーブルを伝って床にポタポタと落ちていく。

ヒュースの蒼眼は怒りを含んでおり、「理由は」と問いかける声は酷く禍々《まがまが》しい。

シュナは額から汗をツゥ……と流しながら、説明を始めた。

「お食事のとき、質や量にはもちろんですが、まず食事が温かいことに驚いておられました。神殿は聖女様が住まう場所……冷たい食事が当たり前のはずがございません」

「……身体は」

「体質的に痩せているという感じではない、とだけ。手や髪の毛もボロボロでしたし、敬われるはずの聖女様どころか、あのお姿は平民以下です。もしかしたら神殿で――」

「もう良い」

シュナの言葉をピシャッと遮ったヒュースは、直後シュナに報告の礼を言うと、彼女を下がらせた。

一人きりになった部屋。ヒュースは奥歯をギリ……と嚙《か》み締めると、再び無意識に魔力が溢れ出そうになるのを咄嗟《とっさ》に抑えた。今度はティーカップが割れるだけでは済まないかもしれないと、思ったからだ。

この時ばかりは、人間の脅威にならないよう着用を義務付けられている、魔力制御のバングルの存在がありがたかった。

（レイミア……）

今までヒュースは、自分たちを穢らわしい存在だと決めつけてくる聖女たちにいい印象は抱いていなかった。

むしろ、加護《ギフト》に愛されて特別な力を持っているというのに、差別意識が強く、この土地への要請を頻繁に断る聖女たちのことは疎ましかったくらいだ。

（だから、いくら王命だとは分かっていても、領地や領民のためだと割り切ったつもりでいても、心の奥底では聖女を娶《めと》ることに抵抗があった）

——だというのにレイミアは……彼女は、今までヒュースが知るような聖女とは全く違ったのだ。

こちらを蔑んだ目で見ることもなく、魔族に対して差別の意識も持たず、加護が目覚めていないのに魔物から守ろうとしてくれた。

言霊の加護が目覚めても調子に乗るどころか、私で良いのかと不安になる姿には庇護《ひご》欲が掻《か》き立てられて、領地や領民のため、そしてヒュースの役に立ちたいといったときの様子なんて——。

(健気で、つい抱き締めたくなった。……あんな姿を見せられたら——)

それから屈託のない笑顔で幸せにするといったレイミアの姿も大変可愛くて、領民などという大きなくくりではなく、特定の誰かの笑顔を守りたいと思ったのはこの時が初めてだった。

そしてヒュースは、この気持ちを本能的に理解できた。

(惚れない方が無理だ)

レイミアとは、出会ってたったの数時間。

けれど、時間など関係ないくらいに、ヒュースはレイミアを好きになった。

「…………ふぅ」

それから一旦冷静になろうと、ヒュースは深呼吸を行う。

そして、次に込み上げてきたのは、怒りではなく自身に対しての呆れのような感情だった。

「……少し考えれば、容易に想像できたはずなのに」

神殿は、加護の紋章を持つ者を引き入れている。その時に加護の能力が発動していなくとも、今後は発動するだろうという可能性にかけて。

加護《ギフト》は十二歳前後で目覚める者がほとんどだという。

だが実際レイミアはつい半日前まで加護の能力が目覚めていなかったという。

既に加護《ギフト》が発動している聖女ばかりだろう神殿で、彼女はどんな扱いを受けていたのかなんて、ある程度想像できる。

レイミアに惹《ひ》かれたこともあって、浮立っていた自身に、そして神殿の者たちに苛立《いらだ》ちを覚えたヒュースは拳にぐぐっと力を込めた。

「……許せないな」

――そう、ポツリと呟いたヒュース。その怒りはもちろん自身にも向けられているが、一番の矛先は。

「レイミア嬢はああ言ってくれたが、私はそれほど優しくはない」

背筋が粟立《あわだ》ちそうになるほどの冷たい眼差《まなざ》し。まさに冷酷と呼ぶに相応《ふさわ》しいその相貌は、ときおり魔物に向けられるものだ。

「私の未来の妻を傷付けた者には、しっかりと報いを受けてもらう」

ボソリと吐かれたその言葉は、月明かりにゆっくりと溶けていった。

◇◇◇

朝、目を覚まし、見慣れない部屋にそういえば……と昨日のことを思い出すと同時に、質のいいベッドで眠ったおかげで体の調子が頗《すこぶ》る良いことにレイミアは気が付いた。

しばらくベッドの上でぼんやりと過ごしたレイミアは、見計らったように部屋に来てくれたメイド――シュナに「おはようございます」と声をかけた。

「おはようございます、レイミア様。私はメイドですから、敬語は不要でございます」

「そ、そう？　じゃあお言葉に甘えて。おはようシュナ」

昨夜から世話をしてくれたシュナ。昨日は疲れていたこともあって挨拶程度の会話しか出来なかったものの、顔見知りの登場にレイミアはふんわりと笑ってみせた。

すると、シュナは僅かに頬を緩めてからベッド際まで歩いて深く腰を折ったのだった。

「改めまして、レイミア様付きのメイドを拝命致しました、魔族のシュナと申します。どうぞよろしくお願い致します」

「えっ、本当に？　嬉しい……！　シュナには昨日からずっと、良くしてもらったし……！　公爵様から聞いているかしら？　私は加護の能力が目覚めたばかりの見習い聖女のようなものだけれど、精一杯頑張るつもりだから、よろしくね」

レイミアの言葉や表情から、本当に魔族に対して偏見がないことを再確認したシュナは、「もちろんです」と言って深く頷《うなず》いた。

（良かった……公爵様と同じように、シュナも快く迎え入れてくれそう）

これでも幼少期は子爵家の令嬢だったので、かなりの時間を共に過ごすことになるメイドの重要性をレイミアは知っている。

そして、あまり表情には出ないようだが、シュナの言葉や気遣いには好意が込められているのだ。

レイミアはそれが嬉しくて、洗顔や着替えの間、ずっと頬を綻ばせたままシュナとの会話を弾ませた。

「それではレイミア様。着替えも済んだことですし、そろそろ朝食のお時間ですからお部屋を移動しましょう。公爵様が朝食を一緒に摂《と》りたいと仰っていましたので」

今日のレイミアの装いは、レモン色のドレス。裾や袖口などにはレースがあしらわれており、清楚《せいそ》で爽やかなものだ。

昨日、シュナが髪の毛を丁寧に洗ってくれたからか、ブラウンの髪には艶があり、ぐっすりと眠ったからか顔の血色も良い気がする。そこに軽く化粧までしてもらったので、大分令嬢らしい姿になれたことにレイミアは感動した。

因みに、シュナにお礼を言ったら「これから毎日美しくして差し上げます」と即答され、何だかおかしくて笑ったのもついさっきのことだ。

「そうね。それじゃあ、行きましょうか！」

正式な妻となるまではヒュースの続き部屋を使うのは抵抗があるだろうと、準備してくれたらしいシンプルな部屋を出たレイミアは、シュナの案内の下、ヒュースが待つダイニングルームへと向かう。

（それにしても、広い屋敷ね……）

昨日は意識を失ってこの屋敷に運ばれてきたため分からなかったが、どうやら公爵邸はかなり広いらしい。ポルゴア大神殿もかなりの広さで掃除がそりゃあもう大変だったが、ここの広さは桁違いである。

「レイミア様、こちらの部屋が――」

ダイニングルームへ向かう途中、ヒュースの自室や執務室、中庭の存在などをシュナに教えてもらったレイミアは、案内された部屋の前で足を止めた。

ノックをしてから入室すれば、既に着席しているヒュースに頭を下げた。

「公爵様、おはようございます。お待たせしてしまって申し訳ございません」

「ああ、おはよう。今来たところだから大丈夫だ。ほら、座ると良い」

ヒュースの前と、ヒュースの斜め前に既に用意されている色とりどりの朝食。

レイミアは用意されている席の前まで行くと、わざわざ立ち上がって椅子を引いてくれたヒュースにお礼を言って腰を下ろした。

(あまり大きいテーブルではないから、公爵様との距離はかなり近いわね)

子爵家の生まれとしてマナーの問題はないものの、久しく誰かと食事を摂ったことがなかったレイミアは、緊張した面持ちで居住まいを正す。

「とりあえず食べよう」というヒュースの声に同意したレイミアは、まずは新鮮そうなサラダを一口パクリと口に含んだ。

「おっ、美味しいです……!　昨日の夕食もそうでしたが、美味しすぎてほっぺたが落ちてしまいそうです……!　スープも温かくて……パンはふかふかです……幸せです……」

「それは良かった。……因みに、神殿ではどんな食事が提供されたんだ?」

「えっ」

まさかそんな質問をされるとは思わず、レイミアはぎくりと肩を揺らした。

(ど、どう答えましょう……正直に話したら……)

アドリエンヌたちに虐められ、神殿長や神官たちに放置され、その影響で食事を抜かれたり、余り物しか食べられなかったり、一日一食だったこともある。だから、答えるならば、酷いものでした、の一言で済むのだろうけれど。

(公爵様に、心配をかけてしまう気がする)

――ヒュースは優しい。そして、理由はどうあれ大切にすると言ってくれた。

そんなヒュースだから、神殿での仕打ちを話してしまったら、彼は心を痛めるかもしれない。

（……うん。わざわざ公爵様に言う必要はないわね）

そう判断したレイミアは、へらっと笑うと「神殿での食事も美味しかったですよ～」なんて言って誤魔化《ごまか》した、のだけれど。

「………………。そうか」

（えっ、何だろう今の間……）

ヒュースの声色や表情から、彼の思惑を読み取ることは出来ない。

しかし何かが有りそうな間だったので問いかけようとすると、そんなレイミアよりも先に口を開いたのはヒュースだった。

「そういえばレイミア嬢……いや、レイミアと呼んでも構わないか？　私のこともヒュースで良い」

「はい。……では、ヒュース様とお呼びしますね」

嫁いできた訳だし、名前呼びくらいはおかしな話ではないだろうと、レイミアは深く考えずにヒュースの名前を呼んだのだが。

「……嬉しいものだな。君に名前を呼ばれるのは」

「えっ……」

そう言って、本当に幸せそうに笑うものだから、レイミアは何だか恥ずかしくなってくる。

ただ名前で呼んだだけで、特別なことは何もない。大切にすると言われたのも、それは言霊能力を持っているからだというのに。

(こんな反応をされると、ヒュース様に将来の妻として大切にされているのかもしれないと勘違いしそうだわ。…………いや、しないけど、しないけどね)

ブンブンと頭を横に振って、分をわきまえていますよと内心で呟くレイミアは、呼び方を変えようという話の前にヒュースが何か話題に出そうとしていたことを思い出し、問いかけた。

「ああ、今回レイミアが嫁いできてくれたことについてなんだが」

「と、言いますと?」

「王命ではすぐに結婚せよとの話だったのだが、少し遅らせないかという提案をしようと思ってな」

「……えっ、それは、どうしてでしょう?」

出来る限り冷静にそう問いかけたレイミアだったたが、内心はそうではなかった。

(や、やっぱり私では実力不足ということ……!?)

ローズクオーツの瞳をキョロキョロと動かして動揺を見せるレイミアは、反射的に食具《カトラリー》を一度手から放す。

すると、その手の上にゴツゴツとしたヒュースの手が重ねられ、レイミアは瞠目して身体をピクリと弾ませた。

「いきなりの話で要らん心配をさせた、済まない。きちんと説明するから聞いてほしい」

「……は、はい」

頷きながら返事をしたレイミアに、ヒュースは形のいい唇を再び動かし始める。

「君と私の婚姻の発端は、王命によるものだ。この地に強制的に聖女を留《とど》まらせることで、魔物の対処に当たってもらい、公爵領に安寧をもたらし、栄えさせてほしいという陛下の意向でな」

「はい、承知しております」

「……だが、実際に婚姻を結んでしまえばレイミアは公爵夫人となる。となれば、聖女としてだけでなく、公爵夫人としての務めも果たすのが当然だと考える者が出てくるかもしれない」

「あ…………」

ヒュースの言葉に、レイミアは彼がなんと言おうとしているのか大方察することが出来た。

（なるほど……いくら聖女としての婚姻だとしても、公爵夫人としてあまりに腑抜《ふぬ》けではね……）

レイミアは八歳まで子爵家の娘だったため、貴族としての一般的なマナーの修得や教育は最低限済んでいる。

だがそれはかなり昔の話だ。ずっと淑女教育を受けている者でも公爵夫人の務めというのは簡単ではないのだから、十年間神殿で暮らしていたレイミアには、直《す》ぐに公爵夫人として立派に務められるほどの力量がないのは明白だった。

（神殿でも貴族教育を受ける機会はあったけれど、雑用ばかり任せられてそれどころではなかっ

たから、確かに色々と学ぶ時間が欲しい）

理解したというようにコクリと頷くレイミアに、ヒュースは言葉を続けた。

「だからしばらくは婚約者のままでいよう。婚約者としてでもレイミアがこの土地に尽くしてくれるのであればなんの問題もないはずだからな。陛下にもその旨は伝えておく」

「かしこまりました！　ご配慮ありがとうございます、ヒュース様」

「……いや、貴族は人の至らぬ部分にばかり噛みつく奴《やつ》が多いからな。……もし今後、私の我が儘でレイミアを傷付けることになるよりは我慢するほうが数段いいと思っただけだ」

「我《わ》が儘《まま》……？　我慢……？」

はて、今の会話のどこにヒュースの我が儘と我慢があったのだろう。

心優しくて慈悲深く、真面目なヒュースとはあまりにかけ離れた言葉だと感じたレイミアが無意識に小首を傾げると、ヒュースはレイミアの手の上に重ねたままだった自身の手にクイッと力を込めた。

手の甲を包むようにして彼女の指の間に自身の指を挿し込むように絡ませれば、驚きか緊張か、顔を真っ赤に染めたレイミアをヒュースは真剣な瞳で射貫いたのだった。

「我が儘を通していいのなら、私は今すぐレイミアを妻として迎えたいということだ」

「…………っ!?」

「そんなに驚くことではないだろう」

（いえ、驚きますヒュース様……っ‼）

ヒュースの言葉は、まるで熱烈な求婚のようだ。大切にすると言われて勘違いしそうになった前科があるレイミアは、自身を厳しく律する。

（……きっと、妻としての方が私がこの地に留まる確証になるからよね、うん。納得だわ……！）

自問自答をして納得したレイミアだったが、それと同時に絡められた手に意識を奪われる。

ちらりと手を見ながら「あの……」とか細い声を出したものの、そんなレイミアの手の上からヒュースが手を退けることはなかった。

「色々と落ち着いたら、婚姻を結ぶだけではなく結婚式もしよう。レイミアのウェディングドレス姿が今から楽しみだな」

「……っ、そこまでしていただかなくとも……！」

「言っただろう？　大切にするって。どうしても式が嫌なら考えるが、遠慮は無用だ。人前があんまりならば、この屋敷で慎《つつ》ましい結婚式をしよう」

優しい声色で語るヒュースに、レイミアはきゅっと唇を引き結んだ。

（い、いくらなんでもお優し過ぎませんかヒュース様……‼）

加護なし聖女として嫁いできたことを許してくれた上、大切にするだなんて有難すぎる言葉を頂戴するだけでなく、結婚式だなんて——。

まあ、公爵家として聖女を迎え入れるのならば結婚式をするのは当たり前といえば当たり前ではあるのだが、ヒュースの言い方から察するに、慣例的に行うからという意味でないことは分かる。

(……幼い頃、憧れだったなぁ。幸せそうに笑う、花嫁さんの姿って)

神殿に引き取られ、日々虐められてきたレイミアからは徐々にかけ離れていった憧れではあった。

けれど理由はどうあれ、ヒュースはそれを叶えようとしてくれているのだ。

その事実に、レイミアの胸のあたりはじんわりとした温《ぬく》もりを帯び、それが何なのか感覚的に分かった。

(幸せだ……私、こんなに幸せでいいのかな……)

自然と頬が綻んでしまう。昨日の朝はあんなにも憂鬱だったというのに。

(……加護が目覚めたのも、ヒュース様の優しさのおかげに違いないわ)

約十年間、レイミアは神殿内で罵倒され、虐められ、自身の言葉は一つとさえ聞き入れてもらえなかった。

そんなレイミアは日に日に明確な意志を持って言葉を紡ぐことはなくなっていき、ついには何を言っても意味がないからと意志を心の奥底に閉じ込めるようになっていった。

だから、いつ加護《ギフト》が目覚めてもおかしくない状態だったのに、レイミアの加護《ギフト》はいつまで経っても目覚めなかったに違いない。

自身の意志を魔力とともに言葉に乗せると発動する能力――言霊の加護《ギフト》は、レイミアを取り巻く悪質な環境によって開花を妨げられていたのだ。

（けれどヒュース様が、身を挺《てい》して私を庇おうとしてくれるような、優しい方だったから）

こんなに素敵な人を見捨てられないと、レイミアは逃げるのは嫌だと意志を告げた。それが引き金となり、加護《ギフト》は目覚めた。

そして、それをきっかけに今、こんなにヒュースに大切にしてもらっている。もちろんシュナもそうだ。

廊下ですれ違った使用人たちからも、ほんの少しの悪意も感じなかった。きっとヒュースが、レイミアのことをいいふうに言ってくれたことも大きいのだろう。

「ヒュース様。……私、なんてお礼を言ったら良いか」

「結婚式のことなら君が恩を感じる必要は――」

「いえ……っ！　結婚式のことだけではなくて、その、全てに感謝しております……！」

レイミアがそう言って笑うと、「そうか」とだけ言ってつられるようにヒュースは小さく笑った。

あまりに優しいその笑顔に、彼の役に立ちたい、言霊の能力を皆のために役立てたいという気持ちが、レイミアの中でどんどん大きくなる。

「ヒュース様、これからのご予定って……？」

「そうだな。急ぎの業務を終わらせてから、バリオン森を見にいって、昼のうちに少しでも魔物を減らしておこうかと考えているが、レイミアは屋敷でゆっく――」

だからレイミアは考えたのだ。自分が何をすることが一番ヒュースの役に立てるのかと。

「ヒュース様！　バリオン森へ向かうのでしたら、是非私を同行させてください……！　どれくらい皆さんのお役に立てるのか、言霊の能力を把握したいのです……！」


その頃、ポルゴア大神殿のとある部屋にて。

「アドリエンヌどういうことだ！　何故加護なしのレイミアを勝手に嫁がせた⁉」

ポルゴア大神殿の最高責任者である神殿長――ボブマフは、アドリエンヌを呼び出すと大声を上げた。

彼の瞳には怒りと焦りが滲んでおり、アドリエンヌは呼び出された理由は疎《おろ》か、こんなふうに怒声を浴びせられる覚えなんて一切なかったので、何度か目を瞬かせた。

「神殿長、何をそんなに怒っていますの？　一応あの子も聖女ですわよ？　加護なしだけれど。ぷぷっ」

そう言って、アドリエンヌは楽しそうに笑ってみせる。怒る神殿長に臆することなく、自身に非など欠片《かけら》もあるはずがないというように。

そんなアドリエンヌの姿に、今度は神殿長が目を瞬かせた。

「そこまで……そこまで愚かだったたか……」

「はあ？」

神殿長はここ数日、各地へ巡礼に出ていた。アドリエンヌがそのタイミングで勝手にレイミアに嫁ぐよう指示をしたのは事実だ。

いくら侯爵家の娘であり、大聖女と呼ばれるアドリエンヌだとしても、神殿長がいれば全てが思い通りとまでいかないことを彼女は分かっていたからだ。

しかし、結果的に嫁ぐ話を受け入れたのはレイミアである。

それに、王命は『聖女』であれば誰でもいいというものだったはず。

（加護なし聖女の分際で嫁いできたレイミアを、公爵はどうするかしら？　相当怒るかしら？　それとも、魔物の住処に捨て置くかしら？　ぷぷっ。なんて言ったって冷酷だと噂の、あの悍《おぞ》ましい魔族の血が入った公爵のことだもの）

レイミアがどんな扱いをされるかはさておき、アドリエンヌは自分が後ろ指をさされるようなことをした覚えはなかった。

だから、自信満々に目端と口角をつり上げたままでいると、神殿長が神殿中に聞こえるのではないかというくらいに大きなため息を漏らす。

頭を抱えるその姿に、神殿長も年かしらなんて思っていたアドリエンヌだったが、次の神殿長の言葉に目を見開くことになるだなんて、思いもよらなかった。

「アドリエンヌ……お前が昔からおつむが弱いことは分かっていたが……ここまでとは……」

「な、何ですって……‼」

「公爵領はこの国でも重要な土地だ！　そこの領主である公爵の妻にと送った聖女が加護なしだと陛下にバレたら……お前は王命違反で即牢屋行きだぞ‼」

「は？」

ぽかん、とアドリエンヌの口が開いた。

神殿長の言葉が、ただの音のように耳へと入ってきたから。

理解が追いつかず、見開いたアドリエンヌの瞳は瞬《まばた》きを忘れたように開き続けている。

「私も神殿長として責任を取らねばならなくなるかもしれない‼　どうしてくれるんだ！」

眉間に深く皺《しわ》を刻み、唾を飛ばしながら怒号を俗びせる神殿長。

その唾がぴしゃっとアドリエンヌの頬に当たるものの、彼女はそれどころではなかった。

（加護なしのレイミアじゃなくて、大聖女の私が牢屋行きに……？）

——約十一年前。アドリエンヌは、レイミアが加護の紋章が浮かび上がる約一年ほど前に神殿に引き取られた。

加護の紋章が浮かび上がってすぐに加護《ギフト》も発動し、元々魔力量が多かったこともあって、神殿内でのアドリエンヌの扱いはその他の聖女と比べて優遇されていった。

とはいえ、神殿での暮らしは生家である侯爵家での生活に比べると質は劣る。部屋も、食事も、身の回りの世話をしてくれる使用人たちの質も数も、基本的に全て。

アドリエンヌからしてみれば、それは端的に言って不満だった。聖女だと言われてもてはやされても、着実にストレスが溜《た》まっていたのだ。

そんな時だった。レイミアが新たな未来の聖女として、神殿に引き取られてきたのは。

(そんなの、あっていいはずがないわ……！　なんで加護なしのあの子じゃなくて私が……!!)

暫《しばら》くしても加護が目覚めないレイミアに、アドリエンヌは目をつけた。ストレスのはけ口としては、これ以上ない人材だったから。

奥歯をギリリと噛みしめるアドリエンヌに、ボブマフは怒りを隠すことなく捲《まく》し立てる。

「こっ、この件は私がいない間に起こったことだ！　もし罰が下されるなら……アドリエンヌ——お前だけが悪いのだと陛下に直訴するからそのつもりでいなさい!!」

「……!?　はあ!?　私は大聖女と呼ばれていますのよ!?　その私に罪を被《かぶ》せるだなんて……この神殿の威厳が地に落ちますわよ!?」

「罪を被せるも何も、現にお前が勝手にやったことだろう!!」

ふぅーふぅーと鼻息を荒くするボブマフに、アドリエンヌは拳を握りしめた。

(どうしたら良いの……このままでは私一人が悪者になってしまう可能性が……って、そうだわ！)

どうして早く気付かなかったのだろう。対応策は、こんなに簡単だったというのに。

「……ねぇ、神殿長。レイミアを連れ戻して、代わりに他の聖女を公爵に宛てがえば全て解決すると思いません？　この神殿にいる聖女は今、何かしらの加護《ギフト》が発動しているわけですし」

「それはそうだが……レイミアが一旦嫁いだ事実はどうするんだ？」

「そんなの簡単ですわ。レイミアの独断だったと言ってしまえば良いのです。加護がないのに勝手なことをしたレイミアを、神殿側が責任を持って連れ戻しにきたと。そのときに本来嫁ぐはずだったと言って別の聖女を置いてきたら良いのですわ」

アドリエンヌの提案にボブマフは先程とは一転して上機嫌に「名案だ」と言ってみせる。

アドリエンヌに全ての罪を被せるとは言っておきながらも、なんだかんだボブマフも自身の身が危うくなることも、大聖女が罰せられることでの神殿へのダメージも理解できているのだろう。

（レイミアが加護なしだとバレていなければ、代わりの者を連れていけば万事解決。バレていたら、全てレイミアの独断だと言ってしまえば良い。最悪陛下にレイミアのことが伝わってしまったとしても、その場合も罪はレイミアに被せれば良いのだし）

なんて、アドリエンヌは色々と思考を巡らせていたのだけれど。

――そう、このときアドリエンヌは知らなかったのだ。

レイミアの加護《ギフト》が目覚めたことも、それが世界で唯一の言霊の加護だということも。

ヒュースが心からレイミアを求め、そして既に愛してしまっていたことも。

バリオン森に同行したいというレイミアのお願いはその後、とある人物の助言によって叶うこととなった。

「レイミアちゃん、疲れてねぇ？　大丈夫か？」

——その人物とは、ヒュースの側近である魔族のレオだ。

バリオン森の道すがら優しく問いかけてくれた、八重歯がトレードマークの明るいレオのおかげで、レイミアは今この場にいられるのである。

というのも、当初ヒュースはレイミアがバリオン森へ同行することを良しとしなかった。昨日倒れたばかりだったことと、環境の変化に対するストレスもあるだろうから、しばらくは無理をせずに屋敷でゆっくりしてほしいとの配慮からだった。

しかし、レイミアがヒュースの元に嫁いできた最たる理由は聖女の力で魔物の処理に当たることだ。

運良く加護が目覚め、屋敷の環境も神殿とは比べ物にならないほどにいいし、何より良くしてくれるヒュースの役に立ちたいという感情は、当然といえば当然だった。

『お願いしますヒュース様！　一日でも早くお役に立てるようになるには、直接魔物と対峙《たいじ》して言霊の能力を把握するのが一番だと思うのです……！』

『だが――』

『そこまで言ってくれてるなら良いだろ、ヒュース。同行してもらおうぜ？　心配なのは分かるが、ここまで頑張りたいって言ってる気持ちを無下にするのはどうよ』

そうして、ヒュースに報告があるからとダイニングルームに入ってきたレオが偶然レイミアたちの話を聞いており、助言してくれたというわけである。

そのおかげもあって渋々折れてくれたヒュース。言霊の能力を使うに当たって魔力がどれくらい必要となるかは分からないため、魔力切れにならないよう無茶だけはしないという約束の上、レイミアは同行を許可されたのだった。

――話は現実に戻る。小枝をポキッと踏む音に意識を捉われることなく、レイミアはレオの質問ににっこりと微笑んだ。

「はい、大丈夫です。お気遣いありがとうございます」

「加護が開花したことはヒュースから聞いてるけど、まだ発現したばっかかなんだから無理しなくていいからなー。にしても、レイミアちゃんは頑張り屋で偉いな！」

まるで太陽のような笑顔を見せるレオに、レイミアは首を横に振る。

そして、ヒュースと同じくらいの位置にあるレオの顔を、じっと見上げた。

「聖女として、最善を尽くすのは当然のことですから。それに、屋敷の皆さんやヒュース様が本当に良くしてくださるので……頑張らないと！」

キラキラとした笑顔を向けるレイミアに、レオは顎に手をやって問いかけた。

「……ヒュースから聞いてはいたけどさ、レイミアちゃんって本当に俺ら魔族に対して偏見がないんだな」

「……そうですね。昔は魔族と魔物の違いが分からなくて無闇矢鱈《むやみやたら》に怖がったこともありましたが、きちんと理解すればそれがどれだけ愚かなことだったか分かりました。それにほら、レオさんもシュナもヒュース様も、とーってもお優しいですから！　私も、その優しさに報いたいのです」

「…………なるほどなぁ」

うんうんと頷いて、レオはどこか遠くへ視線をやる。

「そりゃあ、ヒュースが惚れるわけだ」とポツリと呟いた声は、レイミアに届くことはなかった。

「そういえばレオさん、屋敷の皆さんって魔族の方が多いですよね？」

まだ魔物が出てきたという報告はないので、ふと思ったことを尋ねたレイミアに、レオはおもむろに口を開いた。

「ああ。多いっつーか、ヒュース以外は純粋な魔族ばっかりだ。人間はレイミアちゃんだけ」

「えっ!?　あ……言われてみれば今日見かけた方は全員魔族でしたね」

共生を目指してはいるものの国内にはまだ魔族が少ないということを知っていたレイミアだったが、「この国の魔族のほとんどはあの屋敷に集まってる」というレオの説明には合点がいった。

（なるほど。だから屋敷には結構な数の魔族がいるのね）

そして、それからレオの話を聞いていくと様々なことを知ったのだ。

人間との共生を認められている魔族だが、中には人間側の都合でそれが叶わない魔族がいること。

そんな魔族をヒュースは雇い、人間に対する敵対心を生まないように関わりを持っていること。

聞けば聞くほどヒュースの優しい人柄を知ることができ、レイミアは自然と頬を綻ばせた。

「ヒュース様、なんて素敵な方なんでしょう」

「……お、レイミアちゃん、早速ヒュースに惚れたか？」

「はい？」

（惚れたって……恋愛的に好きになったかってことよね？）

自問自答したレイミアは、楽しそうな表情で見てくるレオに、負けないほどの笑顔を返した。

「いえ、ヒュース様にそんな恐れ多い感情は持ちませんよ」

「ん？」

「確かにヒュース様は私を大切にしてくださると仰ってくれましたし、結婚式を提案してくれたり、今日だって同行することに心配してくださいました。……けれど私には分かっているのです……！　その全ては私が言霊の聖女で、公爵領や領民の役に立てるかもしれないからだと！」

「………………。嘘だろ」

ヒュースの心境を知っているレオは、もはやヒュースに合掌するしかなかった。

「——おいレオ、レイミアにあまり近付くな、減る」

レオと話していると、数人の部下を先導していたはずのヒュースがいつの間にか戻ってきた。

レオに対してしっしっと手を振る。

レオはそんなヒュースに対して哀れみの視線を向けており「お前も苦労すんなー。面白そうだから言わねぇけど」「は？　頭が湧いたのか？」なんてやり取りをしている。

自身に見せてくれる姿よりも幼いようなヒュースにほっこりしつつ、穏やかな空気に包まれていた、のだけれど。

前方から聞こえてきた「魔物が現れました！」という切迫した声に、レイミアはゴクリと唾を呑《の》んでから、目的を果たすために魔力を集中させた。

「ヒュース様、言霊を使ってみて宜《よろ》しいでしょうか？　強制力や範囲を確認したくて」

「ああ、分かった。もし言霊の能力が上手く使えなくとも我々が対処するから、気負わずにやるといい」

「レイミアちゃん頑張ってな！」

「ヒュース様、レオさん、ありがとうございます……！　フォローをお願いします……!!」

そうして、レイミアは群れと思われる魔物たちを視界に捉える。

そしてその魔物たちに伝えるのだという意識を持ち、魔力を込めた言葉を口にしたのだった。

それから数時間後。

ヒュースたちと共に帰宅したレイミアは、自室に戻るとシュナに労《いたわ》りの言葉をもらいつつ、服を着替えていた。

バリオン森に行くことが決まってすぐに汚れてもいい服に着替えたのだが、想定よりも早めの帰宅だったため、朝着用していたドレスに再び袖を通すことにしたのだ。

「お務めお疲れ様でございました、レイミア様。実戦はいかがでしたか？」

「ええと、そうね……」

シュナが用意してくれた紅茶からほんのりと湯気が立つ。

ソファに腰を下ろしたレイミアは、ふわりと漂う花の香りにホッとしながら喉を潤すと、やや眉尻を下げながら口を開いた。

「思っていたよりも、言霊の加護が凄いということが分かったわ……」

――数時間前。レイミアは様々な言霊を試した。

昨日と同じく、この場から立ち去れというものや、一旦動きを停止しなさいというもの、他にも飛び跳ねてというものや、喋《しゃべ》ってみて、など。

すると、魔物は基本的に言葉を発しないので最後の命令だけは通らなかったものの、他の命令はすんなりと通った。

それも、レイミアが言霊の影響を受けてほしいと意識した魔物たち全個体にだ。

（でも、もっと凄かったのは……）

前回のレイミアは魔物たちに立ち去れという命令しかしなかった。

果たしてそこに時間や場所などの条件を加えてみたら一体どうなるのか。そう思い、色々と試してみたところ。

（命令は全て通ったのよね。ただ、魔物たちを動かしたい場合は指定する場所の距離や、命令の持続時間、複数の魔物か単体の魔物かで、私の魔力の消費量はかなり違ったけれど）

言霊の条件などの把握、言霊の使用による魔力の消費量を大方理解できたレイミアは、これでヒュースを含め皆の役に立てると喜んだ。——しかし。

「それは良うございました。ですが、それならば何故そんなに元気がないのですか？　お疲れのようならドレスではなく夜着に着替えたほうが……」

「ああ、うん！　大丈夫よ！　屋敷に帰ってきて、こう、安心してゆっくりしているだけだから……！」

「それなら良いのですが、何でも仰ってくださいね」

とは言ったものの、実のところレイミアの体力は限界ギリギリだった。

言霊の加護は魔力を使うだけでなく、集中力も相当必要だったのだ。そのため、何となく全身が気怠《けだる》く、眠ってしまいたかった。

(でも言えないわ……シュナに言ったら、きっとヒュース様に伝わってしまう。……今日の同行は無理をしないことが条件だったんだもの。疲れていることがバレたら、ヒュース様に心配をかけてしまうかもしれないわ。それに……)

優しいヒュースに心配をかけたくなかったこと、それがレイミアが平然を装う一番の理由である。

そしてもう一つ、心配をかけた結果、彼からの期待を失うのが一番怖かったのだ。

言霊聖女でなければ、ここまでヒュースに大切にしてもらえるはずがないのだから。

——コンコン。

「レイミア悪い。ちょっと良いか？」

そんなとき、先程まで一緒だったレオがドアを開けた。

レイミアは疲れを見せないように笑顔を作ると、入り口で待っているレオの元まで歩いていった。

入ってくればいいのにと思ったものの、主人の婚約者の部屋に入るのはいかがなものかと思ったのだろうかとレイミアは推測し、レオは意外と真面目なのかもしれないと思っていると。

「帰ってきたばかりで悪いんだが、一つ仕事を頼まれてくれねぇか？」

「……？　はい、何でしょう？」

◇◇◇

ヒュースは大が付くほど真面目だ。責任感が強く、部下が働いている中で自身は休めないという少し頭の固い部分があるのだが、それでも今まではなんとかなってきた。と、いうよりはなんとかしてきたのだ。

日中活動ができるギリギリの睡眠時間で、必要最低限の食事を摂り、ここ数年休暇らしい休暇は取らず、民のため、ひいては国のために頑張ってきた。

しかしレオを含めた側近や城の仲間たちは、そんなヒュースにずっと休むよう言ってきた。いつかは倒れてしまうから、と。

けれどヒュースが首を縦に振ることはなかった。

だから、婚約者であるレイミアに白羽の矢が立ったのだけれど——。

「ヒュース様、失礼いたします」

「レイミア？　なぜ君がここに……今日はもうゆっくり休むよう言ったはずだが」

レオにヒュースの部屋に案内されたものの、あまりにも生活感のない部屋に驚いたのは数秒前だ。

この部屋には書類仕事をするためと眠るためだけに帰ってくるというのが一瞬で理解できたレ

イミアは、書類仕事をしているヒュースの側《そば》に駆け寄った。

「レオさんに案内してもらって、お邪魔させていただきました」

「レオが……？　あいつめ、勝手なことを」

「もっ、申し訳ございません……!!」

「いや、レイミアには全く怒っていないよ。……それどころか顔を見せてくれて嬉しい。それで、何の用だったんだ？」

「それは……そのですね……」

——『どんな手を使っても良いから、ヒュースを休ませてやってくれねぇか？』

レオにそう言われて、レイミアもすぐに了承した。

昨日からレイミアも、ヒュースには休んでほしいと思っていたため、返答に迷うことはなかった、のだけれど。

「少しでいいですから、休憩しませんか……？」

「…………。レオや他の奴から、私が休むよう説得してくれと言われたのか？」

「……そうです。けれど昨日から、私も同じことを思っていました。ヒュース様は働き過ぎだと思います」

嫁いできて二日目で仕事のことに口を出すなど、本来ならば有り得ないだろう。

生意気な女だと、調子に乗るなと言われても文句は言えないことだ。けれど、ヒュースがそういう人間ではないことは、この短い時間でも知ったつもりだから。

「ヒュース様のお身体が心配です。少しだけ……休んではくださいませんか？」

――『レイミアちゃんが上目遣いで頼めば、あいつは言う事聞くよ』

そんなレオの言葉通り、レイミアは上目遣いで懇願する。

（こんなことで、本当にヒュース様は休んでくださるのかしら）

これが好きな相手ならば、ヒュースだって頷くだろうけれど。

「……っ」

（あら？　なんだかヒュース様、顔が赤い……？）

ヒュースはレイミアからパッと目を逸《そ》らし、口元を覆い隠している。

薄っすらと赤みを帯びた頬はちらりと窺《うかが》い見ることができたものの、レイミアはその理由を瞬時に理解することはできなかった。

「ヒュース様？　どうかされました？」

「……不意打ちは、やめてくれないか」

「不意打ち？」

ヒュースの言葉の意味が理解できなかったレイミアは、うーんと頭を捻《ひね》る。

しかし不意打ちに繋がるような言動は思い浮かばなかったレイミアは、それよりも頬が赤いことの方が重要ではと頭を切り替えると、とある考えが頭を過ったのだった。

「ヒュース様、もしかして熱があるのでは？」

「…………。ん？」

「きっとそうです……！　疲れが溜まると熱が出るときがありますし、やっぱり休んでいただかなくては……！」

「いやレイミア……これは──」

レオに頼まれたからというのもあるが、体調が悪いヒュースをこれ以上働かせるなんてできない。かくなる上は──と、レイミアは肺に一杯の空気を吸い込む。

そうして、何かを話そうとするヒュースの言葉を遮ったのは、レイミアの魔力が込められた言葉だった。


【とにかく休んで──!!　早くベッドで横になってください──っ!!】


次の瞬間、ヒュースは何かに操られたかのように立ち上がると、スタスタとベッドへと向かう。

レイミアは「あっ」と、声を上げてから【靴を脱いでください！】と追加で言霊を使用すると、ヒュースはその指示にも従ってからベッドに入ったのだった。

「レイミア……急に言霊を使うのは……」

「申し訳ございません……!!　お叱りなら後でうけますから……!!　けれど今は、どうしても休んでいただきたくて……」

レオから、ヒュースにしかできない急ぎの仕事はないことは確認済みだ。

先程バリオン森に出向いたとき、言霊の能力により一定数の魔物が森の奥深くに帰っていったこともあり、休ませるなら今しかないと判断したのだけれど。

（というか待って？　当たり前に使ったけれど、ヒュース様にも言霊が効くってことは、魔物だけじゃなくて半魔族にも効果があるってこと？　それとも、ヒュース様が半分魔族だからかしら？）

なんて、新たな疑問を持ちつつ、レイミアは彼の肩辺りにまで毛布を被せると、深く頭を下げる。

言霊を使って強制的に休ませたのだ。いくら優しいヒュースでも、怒っても不思議ではないと、そう思っていたというのに。

ヒュースから紡がれる声は、言葉は、酷く優しいものだった。

「……謝らないでくれ。急なことで少し驚いただけだ」

「怒っていらっしゃらないのですか……？」

「何故怒る必要がある。レイミアは私のことが心配だから、休ませようとしたんだろう？　言霊にこんな使い方があるとは驚いた。ありがとう、レイミア」

「…………っ」

この使い方は昨日、ヒュースをどうにかして休ませたいと思ったときから考えていたものだ。本来ならば自発的に休むのがいいのだろうが、ヒュースが倒れるよりはいいだろうと、レイミアはそう思ったから。

けれど、まさかお礼まで言われるとは思っていなかったレイミアは驚きを隠せなかった。

「ヒュース様は……お優し過ぎます」

「それは君だろう？　普通、言霊なんて能力を手に入れたら、誰かを休ませるために使うなんて考えもしないだろう。……レイミアが優しい証拠だな。私はこんなに優しい婚約者を持てて幸せ者だ」

「～～っ」

そのとき、顔全体にほとばしるような熱を感じたレイミアの胸が、きゅうっと音を立てた。

（何……この感覚……）

ヒュースが優しいのは今に始まったことではないのに、甘い言葉に心臓が反応してしまう。まるで温かいお湯にずっと浸《つ》かっているようなほんわかとした、けれどどこか刺激的なそんな感覚を、レイミアは今まで味わったことはなかった。

（けれど……ヒュース様が私に優しいのは、言霊の加護を持っているから……）

分かっていたはずだというのに、改めてそれを自覚すると、何故か胸がズキリと痛む。

先程とは違ってあまり心地よい感覚ではなく、レイミアが胸の辺りにやった手を思い切り握り締めると、ヒュースが「どうした？」と問いかけてきた。

「いえ、何でもありません」

「……本当に？　様子が変だったような気がしたが……」

「本当に大丈夫です……！　ヒュース様は私のことは気にせず、目を瞑ってください。急務の際は起こしますから」

「……ああ、分かった」

言霊の力を使って、目を瞑るようにとは命じていないが、今ヒュースはゆっくりと瞼を下ろしている。つまり、彼が自身の意志で休もうと思ってくれたということだ。

(良かった……ヒュース様、休んでくださって……)

彼の頬には先程までの赤みはもうないが、代わりに規則正しい寝息が聞こえてくる。

(……やっぱり、相当疲れていたのね)

いつものキリリとした瞳が閉じられ、ややあどけなさを感じるヒュースの寝顔は可愛らしい。

こんな機会はあまりないだろうから見ていてもいいだろうかと、レイミアは床に膝をついてベッドサイドに顔を載せるようにもたれかかると、ヒュースの寝顔をじいっと見つめた。

「綺麗なお顔……私、こんな格好《かっこ》よくて優しい人の妻になるんだ……」

そう口に出すと、再び胸がきゅうっと音を立てた。胸がざわつくような、けれども心地よいその感覚が何なのか、レイミアはまだ知らない。

（……ヒュース様の寝顔を見てたら、なんだか……私も……）

出来るだけ平然を装っていたが、自身も体力の限界だったことを、レイミアは今思い出した。

それに加えてヒュースに言霊を使ったのだ。脳は休むようにと司令を出し、ヒュースのベッドにもたれかかっていることもあって、レイミアの瞼はゆっくりと落ちてくる。

（あ……だめ……だめ……なのに……）

そうしてその時、レイミアは意識を手放した。ヒュースと重なるような寝息だけが、部屋に響いた。

◇◇◇

「……………ん……」

ヒュースは目を覚ますと、久しぶりに頭がスッキリしていることに直ぐ様気が付いた。

（ああ、そうか。レイミアが言霊の力を使って……）

眠る前の出来事を思い出したヒュースは、レイミアの上目遣いの破壊力に悶《もだ》えそうになりつつ、欲望を抑えつけると上半身を起こす。

使用人を呼んでコーヒーを用意してもらおうか。それから書類仕事を済ませて、レイミアにお礼を言いにいこうか。

なんて考えていたヒュースだったが、偶然そろりと視線を落とした先に見えた人物に、ぽかんと口を開けたのだった。

「レイミアが……どうしてここで眠っているんだ」

「……ん～……むにゃむにゃ……」

おそらくレイミアも疲れて眠ってしまったのだろう。そこまでは想像できたヒュースだったが、それと動揺しないこととは話が別だ。

寝起きのぼんやりとした思考の中で、好きな女が眠っている姿を見たのだ。いつもならきっちりと鍵をかけている枷《かせ》が少し外れそうになるのも、致し方なかった。

「……レイミア、こんなに無防備に寝顔を晒《さら》して、私が悪い男だったらどうするつもりだ」

頭を優しく撫で、髪の毛を一束掬《すく》う。

レイミアが決して痛くないように気遣いながら、その髪を自身の口元へ運ぶと、ヒュースはそっと毛先に口付けた。

「……好きだ、レイミア」

「おーい……すんごい甘い雰囲気の中悪いんだけどさ」

「…………！」

どうやらレイミアに意識を奪われていたため気付かなかったらしい。

いつの間にやら入室し、ドア付近からこちらを見ているレオを、ヒュースは睨《にら》み付けた。

「……いつから部屋に入っていた」

「お前が起きたのと同時くらい？　中々部屋からレイミアちゃんが出てこないから、ヒュースの理性が決壊してあんなことやこんなことがあったらどうしようかと。あ、因みに悪い男だったらのくだりもしっかり聞い――」

「歯を食いしばれよレオ。頰に一発で勘弁してやる」

「全然勘弁になってなくないか⁉」

大きな声を出すレオを、ヒュースはギロリと睨み付ける。

レイミアが寝ているだろうがと小声で伝えれば、レオは小さな声で謝罪を漏らした。

それからレイミアを自室に運んでベッドで寝かせた後。どうやってヒュースが休むことになったのかの経緯を聞いたレオは、ヒュースに対して哀れな視線を向けながらも、笑いが止まらなかったという。

◇◇◇

『レイミアちゃんのおかげでヒュースの顔色がちょっと良くなったよ！　ありがとう！』

『レイミア様、流石でございます』

『『流石レイミア様です！　あの旦那様を休ませるだなんて‼』』

——そう、レオやシュナ、その他の使用人から感謝されたのは、レイミアがヒュースの部屋で爆睡した次の日だった。

結局昨日、レイミアは起きたら自分の部屋のベッドの上だった。経緯の全てはシュナから聞かされ、周りからの感謝を素直には受け取れなかったのは致し方ないだろう。

ヒュースに対しても寧《むし》ろご迷惑をおかけして……という気持ちの方が強く、レイミアは同じテーブルで食事を摂っているヒュースに昨日の話題を切り出したところだった。

「ヒュース様、昨日は言霊を使って強制的に休ませただけにとどまらず、私まで眠りこけてしまうという失態……しかもお部屋まで運んでいただくなんて……申し訳ありません」

着席した状態で頭を下げれば、目の前に美味しそうな食事が並んでいる。

神殿にいた時のレイミアの一日分以上のボリューム——サラダにオムレツ、ポタージュにふかふかのパン。

それらを視界に収めながら謝罪したレイミアは「頭を上げてくれ」とヒュースに言われ、おずおずと指示に従った。

「レイミアが謝る必要はない。寧ろ、昨日も言ったが、私の身体を気遣ってくれてありがとう」

「ヒュース様……」

「君が眠ってしまったことに関しても気にする必要はない。言霊の加護を使用したことで疲れていたんだろう。……というより」

穏やかだったヒュースの声色が、少しだけ低くなる。

何を言われるのだろうと、レイミアはゴクリと固唾を呑んだ。

「昨日、無理をしていたんだろう？　私が無理をしないよう口酸っぱく言ったから、我慢をさせてしまったんだな。気が付かなくて済まない」

「……！　ヒュース様のせいではありません……！　それは私が勝手に……」

心配をかけたくないと思った。幻滅されたくなかった。

ヒュースが悪いのではなく、勝手にそう思って行動しただけだというのに。

「婚約者の体調を気遣うのは当然のことだ。私はレイミアに気遣ってもらって嬉しかった」

「……っ」

「疲れているのに、言霊の加護を使ってくれてありがとう、レイミア。あんなによく眠ったのは久しぶりかもしれない」

少しだけ口角を上げて、ふんわりと微笑むヒュース。

その姿には一切の冷酷さは感じられず、レイミアの胸の辺りはじんわりと温かくなってくる。

（嬉しい……ヒュース様が笑うと、どうしてこんなに嬉しいんだろう）

その理由はまだ分からなかったけれど、ヒュースと共に食事を食べ始めると、その疑問はいつの間にか、少しずつ頭の端へと追いやられていた。

理由を知りたくないと本能的に思ったからなのか、それともこの多幸感に浸っていたいと思ったからなのか。

どちらにせよ、ヒュースと共に食した朝食は、レイミアの胃袋だけでなく心まで満たした気がした。

◇◇◇

嫁いできてから十日が経った頃。

定期的にバリオン森へ同行し、言霊の加護を使用していたレイミアは一日に使える力の使用回数がどんどん増えていった。

魔力の使い方が上手《じょうず》になり、言霊を使う際の集中力にも慣れてきたからだろう。

因みに、ヒュースに言霊の加護が効いたのは、彼に魔族の血が混ざっているからなのか、人間の血が混ざっているからなのか、という疑問はこの十日間で解消された。

というのも、数日前。その疑問をヒュースに打ち明けた時のことだ。

「能力の把握には必要なことだから、シュナに試してみるといい。私が話をつけておく」とヒュースに言われたレイミアはありがたくその話を受けた。

そして、自身でもシュナに言霊を使っていいのか改めて確認してから、魔力を込めて【右手を挙げて】と、彼女に命じれば、魔族にも言霊が届くことが確認された。

人間への検証に関しては、屋敷に出入りする食料の運搬をしてくれる業者とは長い付き合いで、信頼関係ができているというので、彼に協力を願い出ることにした。

その結果、人間にも魔族にも言霊が効くことが確認でき、レイミアの疑問は解消されたのだった。

そんなレイミアは朝食を終えて自室に戻った後、ふと自身の手を見て「わぁっ」と声を上げた。

「レイミア様、どうされました？」

「ああ、うん。久しぶりにこんなに綺麗な手を見たなって、吃驚《びっくり》しちゃった」

神殿では使用人以下の扱いをされてきたため、常に手が荒れていた。

けれどメクレンブルク邸に来てからはその生活が一転し、レイミアの手はみるみるうちに綺麗になっていったのだ。

レイミアが嬉しそうに話す姿にシュナは一瞬切なそうに眉尻を下げてから、身支度中のその髪の毛にサラリと触れる。

「レイミア様、髪の毛も大変美しくなられましたね」

「え？　本当に？　毎日シュナがお手入れしてくれるおかげね、ありがとう」

「いいえ、そんなことは。元が良いのでしょう」

シュナにそう言われ「ふふっ、シュナのおかげよ、間違いないわ」なんて言いながらレイミアは笑う。

すると、姿見を見て、レイミアはハッと気が付いた。

「なんだか私、少し太った……？」

「レイミア様、その表現は不適切かと。レイミア様は少々痩せ過ぎでいらっしゃいましたから、幸せが体に付いたのでございます。喜ばしいことです」

「幸せかぁ……そう言われると、ふふ、そうかもしれないわね」

頬が少しふっくらし、以前よりも健康的に見えるその姿に、レイミアはなんだか嬉しくなってくる。湯浴みのときも肋《あばら》が少し見えづらくなったし、太ももにも肉――否、幸せが付いて、骨っぽさがかなりマシになったことは、大変喜ばしいことだ。

「ふふ、けれど、このまま幸せが付きすぎてしまったらどうしましょう……？」

「その時はその時でございます。どんなお姿でもレイミア様は可愛らしいと存じますし。それに、旦那様はどんなレイミア様でも受け入れてくださいますから、気にせずに幸せを付けてまいりましょう」

「あはは っ……シュナったら……ヒュース様は別に私のこと好きでもなんでもないんだから、何でも受け入れてくれるってことはないわよ、きっと」

「…………。はい？」

レイミアの発言に、しっかり者のシュナとは思えないような抜けた声が漏れた。

レイミアの身体のことについてヒュースに報告した際、どれだけ彼がその事実に怒っていたか、シュナは知っていたからである。

それに、ヒュースがレイミアに向ける眼差しや声色、言葉がどんな感情から表れるものなのか、シュナは理解していたから。

——旦那様、残念ながら伝わっておりませんね……。

ヒュースに同情しつつ、一介のメイドが口を出すべきではないだろうと口を噤《つぐ》んだ。

じーっと見つめてくるシュナに、レイミアは「どうかしたの？」と問いかけた。

「いえ、少しぼんやりしておりました。申し訳ございません」

「そうなの？　大丈夫？　疲れているのなら休んでね？」

「ありがとうございます。旦那様とは違い、適度に休暇を頂いてますのでご心配には——と、そういえばレイミア様、お聞きになりましたか？」

「……？　何をかしら？」

そうしてシュナが話してくれる内容は、レイミアにとってこれ以上なく喜ばしいものだった。

「レイミア様が言霊の加護で定期的に魔物たちを森の奥へ追いやってくださるお陰で、最近では魔物の出没頻度は大幅に少なくなったのですよ」

「あ……そういえば、そうね」

「それに伴い、森へ見回りに行っても魔物と出くわす機会が減ったので、見回りや討伐の頻度をこれから減らしていくそうです。代わりに休暇が増えるそうなので、これで旦那様も気兼ねなくお休みになれますね」

「本当に……っ⁉　良かったぁ……！」

ヒュースが休めなかったのは、単に忙しいからだけではない。部下たちが働いている中で自分だけ休むのは……という考え方のせいでもあった。

しかし、部下や側近たちの休みが増えれば、ヒュースだって少しは休むようになるだろう。

レイミアはヒュースの役に立ちたい――そして彼に休んでもらいたいとそう思っていたので、シュナからの報告に心の底から喜びを噛み締めていると、ヒュースの休暇の日は思いの外早く訪れた。

「レイミア、一つ頼みがあるんだが」

翌日の朝食時。

ヒュースにそう話しかけられたレイミアは、もちろんですと首を縦に振った。

「今日は一日休暇にするつもりなんだが、私とデートをしてくれないか？」

「デート……？」

「一緒に街へ行こう」

レイミアでも一応デートという言葉は知っている。恋人や夫婦関係にあるものが、演劇を見にいったりピクニックに行ったりする、あの、デートのことなのだろう。

確かにそれからするとヒュースとレイミアは婚約者同士なので当てはまっているのだろうけれ

ど。

互いに恋愛感情は持ち合わせていないと信じて疑わないレイミアは、先に屋敷の入り口で待ってくれていたヒュースに、申し訳なさそうに眉尻を下げた。

「ヒュース様、せっかくの休暇ですのに、本当にデートに使ってしまって良いのですか？」

クリーム色のワンピースには細めのリボンとレースがついており、とても上品な品だ。

しかし、それに編み上げのブーツを合わせたことで少しカジュアルに見え、お洒落《しゃれ》をした町娘というふうに見えるよう組み合わせたのはシュナの裁量である。

街に出ても違和感がないような服装を選んだシュナに内心で感謝していたヒュースだったが、申し訳なさそうに問いかけてきたレイミアに目を瞬かせた。

「初めてのデートだからあまり気負わない方が良いかと思ったんだが……あまり乗り気じゃないか？」

「いえ、乗り気じゃないとかそういうことではなくてですね……」

（ヒュース様はお優しいからデートという名目で私を街に連れていってあげよう思ってくださったに違いないわ……なんてお優しいの……）

有り難い気持ちはあるものの、レイミアの顔は憂いを帯びている。

彼にとってはいつぶりの休暇なのだろう。気を使わずに一人でゆっくりと、もしくは趣味に没頭するなど、好きなことをして過ごしてほしいと、レイミアはそう思ってしまうのだ。

「なんだか……申し訳なくて。休暇の日くらいゆっくり身体を癒やしてほしいと言いますか……」

「それなら問題ない。私はレイミアの側にいると癒やされている。君の笑顔を見るとより癒やされるだろうな」

「えっ」

「というわけでレイミア。街に行きたくはないか？　君が喜んでくれることが、私にとっては最上の癒やしなんだが。今日のような可愛らしい姿の君の隣を歩かせてほしい」

「……っ、かしこまり、ました」

こんなふうに言われて、断れる者はいないのではないだろうか。

（……嬉しいのに、なんだか、胸が痛い……）

ヒュースが柔らかく笑うたびに、甘い言葉を囁《ささや》いてくるたびに、レイミアの心臓はきゅうっと切なげに音を立てる。

（ヒュース様は、私が言霊聖女だから大事にしてくれているだけなのに。……そう、それだけ、なんだから）

なんだかマイナス方向に意識が向いてしまいそうになったレイミアは、咄嗟にぶんぶんと頭を振った。ヒュースの内心はどうあれ、せっかく時間を割いてくれたのに、落ち込んでいては申し訳ない。

そうしてヒュースに手を取られ、レイミアは馬車に乗り込む。

バリオン森を越えた先にある街に着いたら適当に買い物をしようというヒュースに頷き、少しずつ今日は楽しもうと気持ちが盛り上がってきたとき。

――カタン。

車輪が小石に乗り上げたのか、僅かに車体が揺れた。

「きゃっ……」

その衝撃でレイミアの体勢は前方に傾き、軽く尻が浮く。

そのせいで向かいの席に座っていたヒュースの胸に飛び込んでしまいそうになったレイミアの視界に映ったのは、両手を広げて自身を受け入れてくれようとしているヒュースの姿だった。

(どど、どうしましょう……！　このままヒュース様に抱き留めてもらったら……)

もしかしたら、彼に頭突きをしてしまうかもしれない。抱き留めてくれた拍子に、ヒュースの腰や腕なんかに怪我をさせてしまうかもしれない。

(それは、ダメ……！)

ヒュースのことを女一人も受け止められないような柔な男だとは思っていないけれど、彼に迷惑をかけることを、レイミアは極力避けたかった。

一瞬のうちに色々なことを思案したレイミアは、喉に溢れ出してきた魔力をすぐさま言葉にしたのだった。

【ヒュース様！　左に避《よ》けてください！】

「な…!?」

そのとき、ヒュースから上擦った声が漏れる。同時に、レイミアを抱き留めるために広げていた手はそのままに、言霊の影響を受けた彼の体は、左側にスライドするように動いた。

——その結果。

「い、いたた……」

勢い余ったレイミアは、先程までヒュースが座っていた座席の背もたれあたりに、額をぶつけたのだった。

（い、痛いけど良かったわ……！　言霊を使っていなかったら、この痛みがヒュース様にも及んでしまう可能性があったんだから！　咄嗟に加護《ギフト》を使ったけれど、こんなふうに誰かに迷惑をかけないためにも使えるのね……！）

痛みがそれほど強くないことも然《さ》ることながら、レイミアは内心言霊の力の凄さに感動していた。

魔物を森の奥に追いやったり、ヒュースを休ませるために使ったりして、言霊の加護には満足しているつもりだったが、ヒュースに迷惑をかけなかったという事実は、レイミアにとってそれほど大きかったのだ。

（もしかしたら、言霊の加護って、かなり万能なのかもしれないわね……！）

レイミアは痛いわりに頬を緩ませている。だが、直後、言霊が解けたヒュースがずいと近付いて来る様子に、目を瞬かせた。

「レイミア、大丈夫か……！」

心配そうな声のヒュースに、レイミアは言霊の力に感動している場合ではないと思い、更に勝手に加護《ギフト》を使ったことを謝罪しなければと、深く頭を下げる。

「ヒュース様申し訳ありません……！　緊急事態だったとはいえ、許可なく言霊の力を使ってしまって」

すると、ヒュースは一度顔を歪《ゆが》めてから、レイミアの肩をガシッと掴んだ。

「今はそんなことはどうでもいい！　額はどうなっている！　見せるんだ……！」

「えっ、あ、はい……」

ヒュースに必死の形相を向けられ、驚いたレイミアは先程までヒュースが座っていた位置にストンと腰を下ろす。

ヒュースはそんなレイミアの隣に着席すると、レイミアの額にそっと触れて、前髪を横に流した。

「……少し赤くなってはいるが、傷は……ないな」

ホッとしたのか、ヒュースの表情がやや柔らかくなる。

ヒュースは優しい手付きでレイミアの前髪を直しながら、穏やかな声色で問いかけた。

「痛みはどうだ?」

「は、はい……! 今はほんの少しだけジンジンと痛みますが、すぐに引いていくかと思います。大丈夫、です」

「そうか。……本当に、良かった」

ふわりと微笑んだヒュースの表情に、レイミアの胸はトクンと高鳴る。

(……大したことないのに、こんなに心配してくださるなんて……)

申し訳なさも感じるものの、それよりも嬉しさでいっぱいになる。

レイミアは未だに自身の前髪に触れているヒュースを見つめながら、か細い声で囁いた。

「ヒュース様……本当に申し訳ありません……それと、心配してくださってありがとうございます」

思いを伝えれば、ヒュースはふっと微笑んでからレイミアの前髪から手を離す。

そして、今度はその手を肩に回されて、レイミアはより一層ヒュースと密着することになったのだが。

「あっ、あの、ヒュース様……!?」

突然、恋人にするかのような扱いをされて驚くレイミアに、ヒュースはおもむろに口を開いた。

「レイミアのことだから、私に迷惑をかけまいとあんなふうな言霊を使ったことは理解しているんだが、実は少し不服でな」

「……？　えっと……？」

肩を抱かれただけでなく、脈絡のない会話にレイミアは表情に困惑の色を浮かべると。

「分からないか？　私はレイミアに気遣ってもらうより、頼られたかったんだ」

「………!?」

そう告げたヒュースの顔はどこか拗《す》ねているように見える。レイミアはそんな彼を初めて見たので、声を発することさえもできないくらいに驚いた。

まるで、それは愛する婚約者に向けたような言葉だったから。

「ヒュース様……あの……」

愚かな勘違いをしてしまいそうなレイミアは、おずおずとヒュースの名前を呼ぶ。

するとヒュースは、レイミアの肩を抱く力を強めた。

「……レイミア、君が私に迷惑をかけたくないと思う気持ちをなくせとは言わないが、私が君に頼られたいと思っていることだけは、しっかりと覚えておいてくれ」

「……っ、はい」

「……ん、いい子だ」

それからしばらくの間、ヒュースは間を埋めるように話をしてくれたのだけれど、レイミアはなんだか気恥ずかしくて、その話の殆《ほとん》どを覚えていない。

唯一、何故ずっと肩を抱いたままなのかと意を決して質問すると、「もうレイミアが怪我をしないように摑まえておかないとな。抱き締めるほうが良かったか？」とやや意地悪そうな声で返された。そのことだけは、はっきりと脳内に刻み込まれたのだった。


──そして、肩を抱かれたまま数分が経った頃。レイミアの脳内にはとある疑問が浮かんでいた。

（ヒュース様……一体いつまで肩を抱いて……？）

決して嫌ではないのだが、ヒュースにずっと肩を抱かれているのは心臓に悪いのだ。かと言って、彼の優しさを無下にするわけにもいかず、レイミアが頭を悩ませていた、そんな時だった。

──ガタン‼

激しい音を立てて、突然止まった馬車に、レイミアとヒュースはパッと目を見合わせる。

嫁いできた日にも同じようなことが起こったことにレイミアは既視感を感じつつ、咄嗟に馬車から降りようとすると、その手はヒュースによって捉えられていた。

「レイミアはここで待っていろ。外は危険かもしれない」

「……っ、それならなおのこと私も行かせてください……！　言霊の力は、民や……ヒュース様を守るためにあるのです……！」

「レイミア……」

以前とは違う、レイミアはもう加護なし聖女なんかじゃない。

力強い瞳で見つめてくるレイミアに、ヒュースはふぅ、と息を吐いた。

「分かった。だが私の後ろにいてくれ。大切な君のことを、どうか私に守らせて」

「……っ、はい」

コクリとレイミアが頷くと、ヒュースは手を摑んだまま、先に馬車から降りる。

レイミアもそれに続くと、馬から降りた馭者の姿があった。

パッと見たところ魔物の群れに遭遇したわけではないことを確認したヒュースは、馭者に視線を向けた。

「一体何があった」

「そ、それがですね、あそこに……」

「あそこ？　……！　あれは――」

馭者が、進行方向を指差す。

レイミアもその方向を見ると、地面に横たわる子供の存在に気付いた。

「ヒュース様……！　あの子怪我をしています……！　早く助けてあげないと……！」

角度からして顔は見えないが、体の所々から血が出ており、怪我をしているのが明らかだった。

もしかしたら魔物に襲われたのかもしれない。

早く屋敷に連れ帰って治療しないと、とレイミアはそのことで頭が一杯になって、子供の元まで走り出した。

「……っ、ちょっと待てレイミア！」

必死だったのだろう。ヒュースの制する声はレイミアの耳に届くことはなく、そのままレイミアはしゃがんで子供の顔を覗き込む。

そして、その時気付いてしまったのだ。

「えっ……貴方……っ」

はっきりと見えた、少年の頭から生える黒い角。

それはヒュースやレオ、シュナと同じもので、彼が魔族であることを示していた。

（魔族の少年がどうしてこんなところに一人で……いや、今はそんなことを考えている場合じゃ――）

怪我をしているのだから、まず治療しなければ。

レイミアには治癒の加護は備わっていないので、直ぐ様ヒュースに頼んで少年を屋敷まで運んでもらおうとした、その時だった。

「あんた……最近この地に来た、聖女、でしょ」

真っ黒の髪に、薄っすらと開かれた紫水晶のような瞳。幼いながらも整った顔立ちの少年は、痛みからか大きく顔を歪ませた。

「そうよ……！　だから安心して……っ、敵じゃないわ……！　怪我をしているから、今はあまり喋らないほうが――」

いい、というレイミアの言葉は、紡がれることはなかった。

少年の手が、ずいとレイミアの首にめがけて伸びてきたから。その身体を受け止め、抱き上げると
「……死ね……っ、聖女……!!」

「………!?」

咄嗟のことで言霊を使うことをすっかりと忘れていたレイミアは固く目を閉じたのだけれど、いつまで経っても痛みはやってこない。

その代わりに何かがぶつかるような音と、少年の「うぐっ」という呻き声が聞こえる。抱き上げていたはずの少年の重みがなくなったことでレイミアはそっと瞼を開けた。

「えっ……!?　き、君、大丈夫……!?」

目の前には一括りにした美しい銀髪を靡《なび》かせた、ヒュースの姿。少し体を斜めにすれば、その先には仰向《あおむ》けで倒れる少年の姿があった。

ヒュースは顔だけで振り向くと、レイミアに普段は見せないような鋭い眼差しを向ける。

「大丈夫かレイミア！　この者は逸《はぐ》れ魔族だ……！　油断をするな！」

「逸れ……魔族……っ」

――一般的な魔族や、ヒュースのような半魔族は、人間との共生が認められていることは周知の事実だ。

しかし、そんな彼らだが、なんの制限もないわけではなかった。

魔族は理性的であるが、人間よりも肉体は強固で魔力量も多い。徒党を組んで人間社会や人間たちを滅茶苦茶にすることは比較的簡単だと推測できた。

そのため、魔族は必ず手首や足首にバングルを着けることになっている。そのバングルによって魔力量はかなり抑えられ、人間の脅威とならないような仕組みになっているのだ。

魔族たちからしてみれば、たかがバングル一つでそれなりに穏やかに暮らせるのならば、大した問題ではないらしいのだが。

しかし、何事にも例外はある。

この国に住む魔族や半魔族は必ず国に登録して所在がわかるようになっているのだが、登録されていない者もいる。

――それが、逸れ魔族と言われる者たちであり、魔力制御のバングルを着けていない彼らは人間にとって恐怖の対象だった。

とはいえ、怪我をしており、まだ幼い少年の魔力程度ではヒュースの足元にも及ばない。

逸れ魔族である少年は、ヒュースに投げ飛ばされて地面に強く打ち付けた腰をさすりながら立ち上がると、鋭い瞳でレイミアを睨み付けた。

「そうさ！　僕は逸れ魔族!!　人間なんかとは群れないよ……!!」

「そんなことはどうでも良い。何故レイミアの命を狙った……！」

「それは……そこの女が聖女だからっ!!　そいつのせいで魔物が森の奥に頻繁に来るようになって……僕の住処が魔物たちに荒らされたからだ!!」

「………！」

それから少年は、詳しく話してくれた。

少年は一ヶ月ほど前に両親に捨てられてしまったらしい。それからは、ここバリオン森の奥深くに一人で暮らしていたのだという。

今まで森の奥には魔物が住み着かなかったので、それなりに平和に暮らしていたようだ。けれどそれが、レイミアが来てから一変してしまったのだ。

「遠目で何度か見たんだ！　あんたが言霊を使って魔物を操るところを！　そのせいで……僕の家は魔物たちに荒らされて……抵抗したけど……数が……凄く多くて……っ」

「……そう、だったのね……」

おそらく少年の怪我も、魔物に抵抗してできたものなのだろう。

あまりの魔物の数にここまで逃げてきたのかもしれない。そこで、彼が傷つく元凶となるレイミアに出会ったのだとしたら――。

「……ごめんなさい。私、君のような子がいることを、全く考えていなかったわ」

「おい、レイミア……っ」

レイミアは立ち上がると、ヒュースの横を通り過ぎてふらついている少年の元へ向かう。

「止まるんだ！」と声を上げて手を掴んできたヒュースに対して柔らかな笑みを浮かべ「大丈夫ですから」と告げる。すると、ヒュースは数秒悩んでから手を離した。

どうしてか、レイミアならば大丈夫なのではないかと、そう思ったから。

「っ、来るなよ‼　殺すぞ……！　近づいたら殺す……！」

ゆっくりと近付いてくるレイミアに、少年はそう言いながら後退《あとずさ》る。

初めに仕留め損じたからか、ヒュースには敵《かな》わないと悟ったからなのか、口ではこう言っても少年の瞳は恐怖を帯びていた。

レイミアは少年の目の前まで行くと、膝をついてしゃがみ込み、じっと少年の顔を見つめる。

そして。

「本当にごめんなさい……一人でずっと不安だったはずなのに、私のせいでお家も荒らされて……こんなに怪我をすることにもなって……」

「……っ、何であんたが謝るんだよ……僕はあんたを殺そうとしたんだぞ……‼」

「そうね。……けれど、今も私は生きているし、君は私にもう何もできないはずよ。身体が震えているもの」

「…………‼」

瞳に帯びる恐怖、体の震え。少年の表情は、過去の自分と少し被った。

辛いのに誰も助けてくれない現実に、どうしたって自分の思い通りにはいかない日々。レイミアはそこから、自身の意見を言葉にすることを少しずつ諦めていった。

(けれどこの子は違う……昔の私とは、違う。だってこんなにもはっきりと、助けを求めてる)

彼の叫びは、抗議をしたいだけではないのだ。

その裏側にはどうにかしてほしい、助けてほしい、辛い、痛い、寂しい……そんな感情が含まれている気がしてならないレイミアは、警戒心を解いて少年へと腕を伸ばす。

腕の中に少年を引き入れるようにして力強く抱き締めれば、少年の身体はぴくりと小さく反応を示し、身を捩《よじ》った。

「放せよ……っ、放せ……っ」

「ごめんね……私のせいで、傷つけて……っ、ごめん」

言霊の能力は、何も万能ではなかった。すぐに少年の傷を癒やすことも、どこにあるかわからない彼の住処を直すこともできない。

だからレイミアが今できることといえば、謝ることだけだった。

抱き締めたのは、傷つけるつもりはないことを証明したくて、そして、震える体を温めたかったから。

「…………」

腕の中にいた少年が、はたと動きを止める。

……と思ったら、カクンと頭を前に倒して凭れかかってきたので、レイミアは目を見開いた。

「……えっ、大丈夫……!?」

「…………」

少年はしっかりと瞼を閉ざし、意識を手放していた。

出血のせいだったのか、久しぶりに人肌に安心したからなのか、それはレイミアにも分からなかったけれど、表情が険しくないことだけが救いだった。

「……レイミア、とりあえずその子を屋敷に運ぼう。敵意がないならば、手当てくらいはしてやれるから」

「ありがとうございます……ヒュース様」

ヒュースにそう言われ、少年を馬車に運んでもらう。

それからレイミアの膝の上で目を瞑る少年の頭を、レイミアは優しく撫で続けた。

◇◇◇

「……っ、いたっ……」

逸れ魔族の少年——ブランが目覚めたのは、森でも自身の住処でもなく、どれだけ手を伸ばしても届かないような天井の高さを誇る屋敷の一室だった。

警戒心の強いブランは直ぐ様ベッドから飛び降りると、痛む体に表情を歪める。

背後から突如として伸びてきた影に気付くと、勢いよく振り向いた。

「あんた……っ、あの聖女と一緒にいた……」

「ヒュース・メクレンブルクだ。お前、名は」

「……………」

歯をむき出しにしながら、警戒心を見せるブランにヒュースは小さくため息をついてから、ベッドサイドに置いてある椅子に腰掛けると、ゆっくりと足を組んだ。

「なら適当に呼ぶか。おいチビ」

「ブランだよ!!　チビじゃない!!」

「そうか。なら、ブラン。まずここは私の屋敷だ。お前は二日間ずっと眠っていた。その間に傷の手当は済ませてある」

よくよく体を見れば、包帯やガーゼがところどころにある。ブランがこれまでに嗅いだことのない消毒の臭いは不快だったが、たしかに体の痛みはマシになっている気がする。

泥や血がついた服も着替えさせられており、さっぱりとした肌は、丁寧に身体が拭かれた後だからなのだろう。

「………そんなの、頼んでないし。礼なんて言わないからね」

ブランはぷいっとそっぽを向く。

確かにあのまま森に置き去りにされたら魔物の餌食になっていたかもしれないが、それはそれ、これはこれなのだ。

気まずそうに目を逸らしたブランに、ヒュースは二度目の重たいため息を零した。

「……因みに、手当をしたのは医者で看病していたのはレイミア——お前が殺そうとした聖女で、私の婚約者だ。今さっきまで心配そうにお前の傍《そば》にずっと付き添っていた。起きた時に一人だったら不安だろうから、とな。……レイミアが体調を崩したら元も子もないから休めと下がらせたところだ」

「………何だよ……それ……」

「だから、彼女を休ませるためだけに私はここにいるんだ。引き止めるつもりはないから、出ていきたいならさっさと出ていけばいい」

「…………っ」

ヒュースの声は地面を這《は》うほどに低い。

婚約者であるレイミアを傷つけようとした者に対して怒りを感じているのだろうと、推測するのは容易だった。

「そんなこと言われなくたって、僕は直ぐに出ていくつもりだった……!!」

ヒュースの圧に負けぬよう、大声を出したのはブランだ。

この場にいるのだって不可抗力で、手当も頼んでいないし、付き添いなんてもってのほか。ブランはレイミアを消すことは失敗したものの、苦言を呈することはできたので、この場にいる必要なんてなかった。

――なかった、はずなのに。

ヒュースが指さした扉へと、足が向かないのは何故なのだろう。

「どうして出ていかない?」

「……っ、そんなの、分かんない、よ」

「…………。それなら、どうして泣いているんだ」

「……それも、分かんないよ……!!」

――ポタ、ポタ、ポタ。

かけられた毛布の上に、涙の染みができていく。

何故自身が泣いているのか、明確な理由は直ぐには分からなかったけれど、ブランはその原因がレイミアであることだけは少しずつ理解できた。

レイミアに抱き締められた温もりを思い出すと何故か、涙が止まらなかったのだ。

――コンコン。

「失礼いたしま――って、え!?」

結局ブランのことが気になって眠れなかったレイミアが入室すると、目の前の光景に目と口を大きく開かせた。

(こ、これは一体……!?)

ブランは泣いているし、ヒュースはレイミアに対して「休まないとだめだろう?」と優しい声で囁いてくるし、レイミアには理解不能だ。

レイミアはヒュースのそばまで駆け寄ると、この状況の説明を求めた。

「ヒュース様、この短時間に一体何が……?」

「彼の名前はブランだそうだ。レイミアを襲ったことに対しての謝罪はないし、君の看病に対しても不服な様子だったから、出ていっても構わないと話した。すると、泣き出した」

「…………!?」

レイミアは今やこの地にいなくてはならない聖女だ。

そんなレイミアを殺そうとしたブランにヒュースが怒っているのはおかしな話ではないし、普段はあまり見ることのない冷たい雰囲気も理解できる。

(いやでも待って……? それだけで泣くまでいくかしら?)

確かにブランは子供だ。見たところ、七、八歳程度だろうか。

だが、なんの苦労も知らずに育ってきた子供とは訳が違う。

それに、レイミアのことを嫌っているのは事実なので、出ていけと言われて泣いた、というのはどうにも辻褄《つじつま》が合わなかった。

「えっと……ブランくん、だよね？　改めて、レイミア・パーシーと言います」

「もうすぐレイミア・メクレンブルクになるがな」

「……っ！　ヒュース様！　それは一旦置いておいてですね……」

ベッドサイドにしゃがみ込み、レイミアはブランを見上げる。

森で出会ったときとは違い、泣きじゃくるブランの姿は年相応に見えた。

拒絶されるかもしれないと思いながらも、そっとブランの頬に伸ばした手は、振り払われることはなかった。

「どうして泣いているのかな……？　怪我が痛い……？　それとも、怖い夢でも……」

「違う、あんたの、レイミアの、せいだよ……っ」

「…………」

（……そりゃ、そう、よね）

手が振り払われなかったのでブランの怒りは少しは収まったのかと思っていたが、どうやら泣くほどだったらしい。

レイミアは何度目かの謝罪を口にすると、ヒュースが立ち上がった。

「レイミア、君が謝る必要はない」

「……そんなことはありません。私の言霊能力のせいで、ブランくんがこんな目に遭ったのは事実です」

「だとしたら、この地にレイミアを呼んだのは私と陛下だ。君の言霊能力に頼ったのは私や屋敷の者だ。つまり、レイミアは何も悪くない」

「それは…………」

「だから」とヒュースは言葉を続ける。同時に彼はレイミアとブランの側まで歩くと、ブランの頭にそっと手を伸ばした。

「済まなかったな、ブラン」

「……っ、なにさ今更……さっきまで僕に苛立ってたじゃないか……っ」

「ああ、そうだ。婚約者を傷付けられそうになって相当頭にきていたからな。……が、謝るレイミアを見て、まずは私が謝るのが先だと思った。済まなかった」

「……なんだよ、なんなんだよ、あんたたち……！」

そう、声を張り上げたブランだったが、いつの間にか涙は止まっていた。

その事実にレイミアは優しく微笑むと、ゆっくりと口を開いた。

「ねぇ、ブランくん、少しだけ私の話を聞いてくれる？」

「…………。なに」

「ブランくんが寝ている間にね、ヒュース様とも話したんだけど……」

レイミアは性格的にも聖女としても、殺生を望まない。

魔物たちが理性なく人を襲うなら、人がいない森の奥へ追いやれば、平和的な解決に至ると思っていた。そこで問題として現れたのはブランだった。

両親に捨てられて行く宛てもなく、魔物のせいで住処を失ってしまい、怪我まで負ったブラン。

レイミアの言霊の加護は万能ではないので、両親を連れ戻してあげることも、住処を直ぐに修復することも、すぐに怪我を完治させることもできない。

「私たちと一緒に、この屋敷で一緒に暮らさない……？」

けれど、彼の心の傷を癒やす手伝いなら、できるかもしれないと思ったから。

◇◇◇

レイミアの発言にブランが口をぽかんと開けている中、ポルゴア大神殿では。

「何で誰も名乗り出ないのよ……!!」

耳を塞ぎたくなるほどの金切り声を上げたのは、大聖女と呼ばれているアドリエンヌだった。

自室のテーブルを思い切り叩いた拳は熱を帯びたように赤くなり、ジンジンと痛む。

世話係の女性は部屋の隅でそんなアドリエンヌを見ながら、身を縮めた。

「ああもう！　あり得ないわ！　この私がお願いしてあげてるのに誰も名乗り出ないなんて……全員頭おかしいんじゃない!!」

アドリエンヌは、鼻息を荒くして髪の毛を乱す。連日アドリエンヌはこんな調子だった。

「何で……っ、何で誰も半魔公爵の元に嫁がないのよ……!! この私が! 大聖女である私が頼むと言っているのに……!!」

アドリエンヌの当初の計画では、レイミアの代わりに別の聖女をヒュースの元に送り付け、レイミアを神殿に連れ戻すつもりだった。

そうすれば、何かしら問題が起きたとしても、全ての罪をレイミアに擦り付けられるからである。

アドリエンヌの計画は、完璧だった、というのに。

「今まで、私の命令なら何でも聞いてきたじゃない……!! それなのに何でよ……っ」

アドリエンヌを筆頭にレイミア以外の聖女は、魔族に対して強い偏見を持っている。

だからこそ、誰もヒュースの元へ嫁ぎたがらず、半分嫌がらせの意味も込めてレイミアを嫁がせたのだ。

加護が目覚めていないレイミアがどんな目に遭おうと、そんなの知ったことではないと、ほくそ笑みながら。

そんな聖女たちが、アドリエンヌの命令で簡単に代わりに嫁ぎにいくだなんて、流石のアドリエンヌも思っていなかった。

けれど、命令ではなくお願いならば――。

大聖女であるアドリエンヌからお願いされれば、少なくとも一人くらいは絆されて頷くだろう。

そう、高を括っていたのだけれど、結果は言わずもがな。

全員拒否して、嫁ぐくらいならば他の神殿に移るという者も複数現れてしまったのだ。

加護を持つ聖女を手放したくない神殿長——ボブマフはこれを危惧し、アドリエンヌに聖女たちを嫁がせようとするのはやめるよう命を下した。

つまり、アドリエンヌ一人よりも、複数の聖女が神殿からいなくなる方が痛手である、そう言われたのと同然だった。

「私のことを何だと思っているのかしら……!!　私は……大聖女で……っ、罰なんて……受けるべきじゃないのに……!!」

再びゴン!!　とテーブルを叩くアドリエンヌに、世話係は肩をビクつかせる。

世話係が壁にピッタリと背中をくっつけて縮こまるように立ち尽くせば、アドリエンヌは廊下にも聞こえるのではないかというくらいの大きなため息を漏らした。

「仕方ない……とりあえずあの役立たずの聖女共のことは後にして…まずはレイミアね」

レイミアが加護なしであることがヒュースにバレてしまうのはまずい。

バレてしまっているのならば、それが国王に伝わる前に神殿として対処するという姿勢を見せなければいけない、けれど。

（神殿長は私よりも大勢の聖女たちを取った。もうこの件は、私一人でどうにかするしかないわ……！　そうしないと……牢屋行きに……っ!!　そんなの、あっていいはずないもの……!!）

とりあえず、代わりの聖女の話は後だ。実家にお金を工面してもらい、それを持って交渉すればどうにかなる可能性はまだ残されている。

つまり、まず最優先にすべきはレイミアを連れ戻すことだ。

ヒュースに対しては、近いうちに加護を持つ聖女を送るとさえ言っておけばいいだろう。選定に時間がかかっていると適当に嘘をつけば、可能な限り期限を延ばせるかもしれない。

……と、考えが纏《まと》まったアドリエンヌは、にんまりと口角を上げた。

余りに厭《いや》らしいその表情に、世話係はゾッとするものの、口に出すことはない。

（待ってなさいよレイミア……大聖女であるこの私が直々に、あんたのことを迎えに行ってあげるわ）

そんなことを思いながら、アドリエンヌはふふっと、笑みを漏らした。。

◇◇◇

「あ、あらまあ……」

ブランに一緒に暮らそうと提案した三日後のメクレンブルク邸では、嬉しさを存分に含みつつ、動揺したレイミアの声が響いた。

「えっと——……ブランくん？　今日は森には行かないし、どこにも行かないから、そんなにくっつかなくても大丈夫よ……？」

「だめ。そんなこと言ってレイミア、直ぐにあいつの手伝いに行っちゃうんだもん」

「そ、それはほら、大事なことだから……！　というかブランくん、あいつはやめようね？」

今後聖女としてだけではなく、公爵夫人としての役割も果たすため、書斎で勉強をするレイミアの隣に座り、肩に顔を乗せてくるブラン。

ギリギリ顔に角は当たらないものの、その近さと角の鋭さに若干恐怖したのは一瞬だった。

（か、可愛い〜甘えてくるの、なんて可愛いんでしょう〜）

肩にスリスリと頬を寄せ、嬉しそうに目を細めるブランは、目に入れても痛くないだろうと思うほどに可愛い。

（私を殺そうとしていた時とは、まるで別人ね……）

というよりは、もはや別人だと言われたほうが納得するレベルである。

甘えてくるブランに「ふふっ」と嬉しそうに頬を綻ばせたレイミアは、三日前の出来事に思いを馳せた。

——『私たちと一緒に、この屋敷で一緒に暮らさない……？』

レイミアのこの発言の直後、ブランの口からは『は……』と乾いた声が漏れた。

目を大きく見開いて、口をぽかんと開く姿に驚いているのはもちろん、どこか、何言ってんだこいつ、というような呆れを感じたレイミアは少し眉尻を下げる。

『何で、その考えに、なる、の』

震わせた声で問いかけてくるブランに、レイミアは出来るだけ優しい声色で、そして素直な本音を話し始める。

レイミアの言霊の加護は万能ではないので、両親を連れ戻してあげることも、住処を直ぐに修復することも、すぐに怪我を完治させることもできない。

それに何より――。

『一人は……寂しいから』

『…………っ』

神殿で誰も味方がいなかったレイミアは、孤独を知っている。神殿に引き取られる際、一切悲しんでくれなかった両親のことを思い出すと、未だに胸が苦しくなる。

もちろん、レイミアとブランの置かれた環境は違う。全てを理解することなんてできないけれど、それでも。

『私たちと一緒に暮らそう……？　私のお願い、聞いてもらえるかな……？』

『それなら、あの変な力で命令すれば……っ！』

『……それは違うもの』

言霊の能力は、自身の私利私欲のために使うものではないのだと、レイミアは本能的に分かっていた。

理性がない魔物に対抗するため、民のため、使用人のため、ヒュースのため――誰かのために、使うものなのだと。

『私がブランくんと一緒に暮らしたいんだよ。これはね、私の我が儘なんだ。だからね、言霊の力は使わない』

『……っ』

『だからもう一度言うね。ブランくん、一緒に暮らそう？　私たちと、一緒にいよう？』

ブランが、コクリと頷いたのはその数分後だった。

レイミアはその間何も言わずにずっと待ち続け、ブランの同意の表れに、彼を力いっぱい抱きしめたのだった。

――そうして、現在。

あの日からブランは、レイミアにだけべったりだった。

ブランは聡《さと》い子なので、レイミアの言霊のせいで住処が襲われることになっても、その背景には様々な要因があったこと、レイミアが悪いわけではないことくらい分かっていたのだ。

それでも、何処かに当たらなければやっていられなかった。

そんなときに、その相手――レイミアから優しい声をかけられ、一緒に暮らそうと言われ、優しく抱きしめられたのだ。

ブランは罪悪感と、安心感を覚え、同時に年相応の甘えたいという気持ちが溢れ出した。そして、それはレイミアに一心に向けられることになったのである。

「あれ……？　ブランくん」

ブランは、ヒュースに手続きを取ってもらい、人間と共生するため、魔族としての登録を済ませた。

手首にはヒュースたちと同じ魔力制御のバングルを着けている。

しばらくは魔力を抑えられて怠《だる》いらしいのだが、三日目にして「慣れた」と言ってのけるブランは将来大物になりそうだ、なんてレイミアは思っていた、のだけれど。

「ブランくん、何だか身体熱くない……？」

「あつく、ない」

もたれてくるブランの身体から、じんわりとした熱さが伝わるのを感じたレイミアは、彼の額を手で確認する。

魔族も人間も平均体温に大きな差はないので、明らかに熱があることを確信すると、一旦ブランを離れさせてから、急いで立ち上がった。

「大変……！　早く部屋に行って休まなきゃ……!!」

「別に、つらくない、もん」

「だめよ……!! 環境の変化もあるし、バングルのこともあるし……今は無理しちゃだめ! 私が抱っこしてあげるから、ほら、行こう……?」

いくら食事や睡眠をしっかり取っているとはいえ、数日前まで骨と皮だったレイミアにはあまり力はない。

ブランを抱き上げるのも一苦労なのだが、熱があるこの子を歩かせるわけにはいかないと必死に抱き上げると、その時書斎の扉が開いた。

「レイミア、捜した——って、どういう状況だ」

「ヒュース様……! 何と良いタイミングでしょう!」

自身の力のなさに関しては後で反省するとして、熱のあるブランを速やかに部屋に運ぶことが一番である。

レイミアはヒュースにブランは熱があることを伝え、抱っこを代わってほしいと頼んだのだが、その瞬間だった。

「……レイミアじゃないと、やだっ!」

「うわっ……!」

ヒュースにブランを渡そうとすると、ブランは背中を反らせて嫌がったのである。

ブランはレイミアにのみ懐いており、かつヒュースに対しては尋常ではない敵対心を抱いているのだった。

「……っ、危ない……‼」

ブランが動いたことでレイミアは後方に倒れそうになる。咄嗟にヒュースが手を掴んでくれたことによって倒れずに済んだものの、彼女の顔面は真《ま》っ青《さお》になった。

(いっ、いたぁ‼)

ブランを抱いた状態で倒れるのは絶対にだめだと足を踏ん張ったのは良いものの、そのときに足首を挫《くじ》いてしまったのである。

しかし、今はそんな自分の状況よりもブランが優先だ。

ブランはもちろん、ヒュースにも心配はかけたくないからと、何やらじっと見てくるヒュースにレイミアは反射的に「大丈夫ですから！」と答えた。

そう言うことが、何かしらあったのだと思わせるわけだが、レイミアはブランに対する心配と足の痛み、ヒュースに心配をかけたくないからということに必死で、あまり頭が回っていなかった。

「あ、ありがとうございます、ヒュース様、手を掴んでいただいて……おかげで転《こ》けずにすみました」

「…………。ああ、無事で何よりだ。それにしても」

ヒュースは、レイミアに抱き着いているブランへと視線を移す。

レイミアの首に手を回してぎゅーぎゅーと抱き締めたままのブランからは、絶対に放してやるものかという意志が感じられた。

いくら幼いとはいえ、異性がレイミアに抱き着いているのはヒュースとしては気に入らなかったが、流石に病人なので仕方がない……とは思いつつも。

「ブラン、レイミアはあまり力がない。レイミアのことが好きなら、私が抱っこしてやるから早く降りなさい」

「やだっ！　レイミアがいいし、ヒュースだけは絶対にやだっ!!」

「ブランくん……！　ヒュース様はとてもお優しいし怖くないから……ってヒュース様……!!何だか顔が怖いですよ……！　時が経てばブランくんはきっとヒュース様にも懐いてくれますから、どうかご容赦を……!!」

ヒュースとしては、自身が嫌だと言われたことではなく、レイミアにこれでもかと抱き着いているブランが気に食わないのだが。

レイミアはそうは思わず、ブランに嫌われていることにヒュースが傷ついていると思っているらしい。そんなことは一切ないというのに。

（ああ……！　どうしましょう！　私に体力があれば……せめて足を挫いていなければ……！）

とにもかくにも、早くブランを部屋へ連れていかなければならない。

足の痛みは気を紛らわせればどうにかなるだろうか。腕がプルプル震えているけれど、どうにか部屋までならば運べるだろうか。

これ以上ブランに拒否されるヒュースも見ていられない。頑張ろうと、レイミアがそう決めた、その時だった。

「……えっ」

突然の浮遊感に、レイミアの口からは掠れた声が漏れた。

自身の腰とお尻の下辺りを支えるヒュースの腕。

ブランを抱っこしたままのレイミアを、ヒュースはいとも簡単にひょいっと抱き上げたのだった。

「これならブランも文句はないだろう」

「……。さっさと歩いてよ、ヒュース」

一本取られたと悔しがるブランに、ヒュースは涼しい顔をみせる。

「ヒュ、ヒュース様……!? 重たいですから下ろしてください……っ、大丈夫ですから……！」

熱はないというのにブランと同じくらい顔を赤くしたレイミアがそう言うと、ヒュースは微笑みながら、自身より高い位置にいるレイミアを見上げた。

「それはできない相談だ。……言っただろう？ 私はレイミアを大切にするって。それに、レイミアは羽が生えているのかと疑うくらいに軽い。後で一緒に甘味を食べよう」

「〜〜っ」

レイミアに対して優しい声色で甘い言葉を囁くヒュースに、ブランは「けっ」と不貞腐《ふてくさ》れてい

た。

◇◇◇

医者にブランを診てもらうと、疲れからくる発熱だろうということだった。つまり風邪だ。魔族は基礎体力も高いため、一日寝ていれば治るだろうとも言われ、レイミアはホッと安堵した。

そんなレイミアは、診察を終えたあとすぐに眠ってしまったブランのことを使用人に見ておいてほしいと頼んでから、静かに部屋を出る。

廊下には、一足先に仕事へ戻ったはずのヒュースがいた。

「ヒュース様？　どうしてこちらに……ブランくんはたった今眠ってしまいましたが……」

「用があったのはブランではなくレイミアだ。今、少しだけいいか？」

「はい、もちろんでございます」

そういえば、ヒュースはわざわざ書斎に捜しに来てくれた様子だった。

「何か問題でも起こりましたか⁉」と焦って問いかけると、ヒュースは腕組みを解《ほど》いてからゆっくりと距離を詰める。大きな手を伸ばしたかと思うと、レイミアの頭の上にぽん、と置いたのだった。

「大丈夫だ。レイミアのお陰で魔物は落ち着いているし、私を含め皆、休養をしっかり取れている。問題はない」

「それなら良かったです……！」

「ただ、私の心の問題なだけで」

「心の……？」

それはそれで大きな問題だろう。ヒュースの役に立ちたいと切に願うレイミアが、放っておけるはずはなかった。

「私でお役に立てることはありませんか？」

そう問いかけると、ヒュースはレイミアの頭に載せた手を優しく動かす。

髪の毛を乱さない程度の力で優しく撫でると、「レイミアは優し過ぎるな」と彼女に聞こえない程の小さな声で呟いてから、視線を絡ませた。

「ブランが来てから、朝も昼も夜も……レイミアはあの子に掛かりっきりだっただろう？」

「えっ、そんなことは……」

「君は定期的に仕事や雑務の手伝いに来てくれるが、ずっとブランが側にいて、一切二人きりになれなかった。これは婚約者として由々しき事態だとは思わないか？」

「……っ」

（つまり、これって……）

レイミアは物凄く賢いわけではなかったけれど、あまりにも話の流れが読めないほど愚かではなかった。

だから分かってしまったのだ。ヒュースの心の問題が、嫉妬から来ていることを。

……その嫉妬の元凶が自身であることを。

「書斎で勉強をしていると聞いたから、もしや一人なのかもしれないと思って会いにいけば、ブランにこれでもかと甘えられているし」

「あっ、あのヒュース様……っ」

「レイミアがブランのことを可愛がっているのも、慣れない環境だから可能な限り側にいてやろうとするところも理解はしているが――もう少し私にも構ってもらわないと困る」

「～～っ⁉」

言霊聖女としての能力を買われ、求められているはずだというのに。

そんなふうに言われたら、本当に愛されているのだと勘違いしそうになる。

大切にすると言った彼の言葉を履き違えてしまいそうになる。

――いや、履き違えてしまいたくなる。

(……っ、私……まさか……っ)

そのとき、レイミアはとある感情の名前を思い浮かべた。

詳しいことは何一つ知らない、それ。

けれど、本能的に分かってしまったのだから、もう知らないふりなんてできなかった。

（どうしよう……私、ヒュース様のこと、好きになってたんだ……っ）

しかしレイミアは、その感情を自覚してもなお、自惚《うぬぼ》れることはなかった。

神殿での生活のせいだろうか。ヒュースのような素敵な人を愛することはあっても、愛されることなんてないだろうと思っていたから。

いや、そう思わないと、叶わぬ恋だとはっきりと分かったときに、傷付くことが目に見えていたからだろうか。

「……っ、ヒュース様、ご冗談はおやめください……」

「……？　冗談のつもりはないが……そういえばレイミアは今からどこに行こうとしていたんだ？」

だから、レイミアはこの感情に蓋をしたのだ。

――近いうちに、その蓋をこじ開けられるなんて、考えもしないで。

「その……書斎に本を取りにいこうと……ブランくんの看病の合間に勉強をしようかと思いまして」

「なるほど。ならそれは、少し後にしてくれ。さっきも言ったが……今は私に構ってくれ」

「……えっ、ひゃっ……！」

突然の浮遊感は、つい先程のことを連想させる。

違うのはブランがいないことと、いわゆるお姫様抱っこをされていることだった。

「ヒュ、ヒュース様……っ⁉」

「今から私の部屋に行く。すぐそこだから、大人《おとな》しく抱かれていろ」

「………っ」

そうして、レイミアは羞恥で顔を朱色に染めながら、ヒュースにお姫様抱っこをされて彼の部屋に入ったのだけれど。

「あ、あの……？」

まるで、壊れ物を扱うように、ヒュースの部屋のソファに下ろされたレイミアは困惑していた。

何故か目の前のヒュースが、自身より低い位置にいるからである。

片膝をついて、見上げてくるヒュースの姿は、立場的に考えて中々にありえないものだった。

「ヒュース様、どうしてそんなところにお座りに……」

「……この方が治療しやすいだろう？」

「治療……？」

訳が分からず、はて、と小首を傾げる。

しかし次の瞬間、目にも留まらぬ早さでヒュースによってパンプスを脱がされたレイミアは、

「へっ……⁉」と素っ頓狂な声を上げることとなる。

パンプスを脱がされたからではない。

ヒュースが、レイミアの左足を掴んで、軽く持ち上げたからだった。

ふくらはぎの半分程度まで露わになり、赤く腫れ上がった足首を見られたレイミアは、なんとも言えない表情を浮かべた。

「やはり……先程ブランを抱き上げたときに、足首を捻っていたんだろ」

（どうして、足首の怪我がバレてしまったんでしょう……）

レイミアの内心は、そんな疑問と。

（あっ、足がっ、足が見られて……っ！）

ふくらはぎの中間地点辺りまで露わにされ、ヒュースに見られていることへの羞恥でいっぱいいっぱいだった。

そんなレイミアは顔全体を真っ赤にして、視界の端にヒュースを収める。

ヒュースはレイミアの足首をじっと見つめてから、足の甲をするりと撫でた。

「少し腫れているな……冷やしてから固定しておくのが良さそうだ」

「ヒュ、ヒュース様……っ、あの……」

「大丈夫。私はこれでも手当には慣れているから任せてくれ」

「いえ……！　そうではなくて……っ」

（こんなにじっと見られては恥ずかしい……！）

けれど、視界の端に捉えたヒュースの表情は真剣そのものだ。

捻った部分を心配し、重症化しないように手早く治療をしようという気持ちがひしひしと伝わってくる。

そんなヒュースに対して、見られて恥ずかしいからやめてほしい、というのも何だか違う気がして、レイミアから放たれたのは「どうしてお気付きに……？」という疑問だった。

「普段からレイミアを見ているんだ、これくらい直ぐに気付く。大方、私とブランに心配をかけたくないと思って言わなかったんだろう？」

「……そ、うです」

「優しいな、レイミアは。……だが、隠されて君が痛い思いをしているほうが嫌だ。これからは些細なことでも言ってくれ。いいか？」

縋《すが》るような瞳でそんなことを言われたら、否とは言えないだろう。

レイミアはコクリと頷くと、「いい子だ」と言いながら柔和な笑みを浮かべるヒュースに、胸がキュンと疼《うず》くのが分かる。

好きだと自覚したら最後、この胸の高鳴りを抑える方法なんてありはしなかったから。

「これでよし。しばらくは歩かないように」

「……あ、ありがとうございます、ヒュース様」

手早く足首を治療してくれたヒュースにお礼を言うと、レイミアはほっと胸を撫で下ろした。

(良かった……これでもう足を見られずに済む)

レイミアは貴族の娘だったが、家でそれはもう大切に育てられた箱入り娘というわけではなかった。

神殿での暮らしの中で顔を合わせるのはほぼ同性だったし、異性《神官たち》はいるにしても、加護なしのレイミアが交流を持つことはなかったから。

だからレイミアは、ようやく治療が終わる——つまり、もう足を触られて見られている緊張感と羞恥を味わわずに済むと、そう思っていたというのに。

「レイミア……これは……」

「ひゃっ……」

その瞬間、捻ったのと同じ側の足——ふくらはぎの全体がヒュースの面前で露わになる。

治療のためやや捲《まく》り上げられる形となったドレスをヒュースがもう少し上げると、そこからちらりと覗くレイミアのふくらはぎを、ヒュースは食い入るように見つめていた。

「これが加護の紋章か？」

「っ、ああ、あ、あ、あっ……」

レイミアの加護の紋章は、左足のふくらはぎに刻まれている。

治療が終わったときに、それが少し見えてしまったのだろうか。

じっと加護の紋章を見つめているヒュースに、レイミアは恥ずかしさで頭がどうにかなりそうだというのに、事はそれだけで終わらなかった。

「……そうか、これが聖女の紋章……」

「……⁉　ヒュース様……⁉」

自身のふくらはぎ——紋章の辺りをするりと撫でるヒュースの手。

あまり激しく動いたら余計にドレスが乱れて足が見えてしまうかと思うとそれもできず、レイミアは口をパクパクとしてから、か細い声で呟いた。

「その、あまり触るのは……」

「ああ、済まない。痛かったか？」

「いえっ、そうじゃ、なくて……恥ずかしい、ですので……やめてくださると……」

治療は済んだことだし言うしかない。

レイミアは意を決したように思いを告げると、ヒュースのからかい混じりの笑みが瞳に映し出されたので、「えっ」と声を漏らした。

「いつ言ってくるのかと思ったら、やっとか」

「わ、私が恥ずかしがるのを分かってて、触ってらっしゃったんですか……⁉」

「もちろん。……最近あまりに構ってもらえなかったから、ちょっとした意地悪をしたくなった。

……済まん」

「〜〜っ⁉」

拗ねたように、けれどどこかからかい混じりの表情で、サラリと言ってのけたヒュースに、レイミアは沸騰しそうなほどに顔を熱くすると、捲り上げられたドレスを手早く直す。

そのままヒュースを見下ろせば、彼はゆっくりと立ち上がり、レイミアの頭の上にぽん、と手を置いた。

「しかし……一つ収穫があったな」

「はい？」

話の脈絡がなかったため分からず、見上げたヒュースの瞳を食い入るように見つめると、彼の形のいい唇が弧を描いた。

「あんなふうに触れたら、レイミアに言霊を使ってでも強制的に止められる覚悟もしていたんだが」

「……‼」

「まあ、レイミアは優しいし、それに動揺していたから使わなかったのかもしれないが――それでも、嫌ではなく恥ずかしいから使わなかったのかと思うと、気分がいい」

「〜っ‼」

ヒュースの言葉に、レイミアは顔を真っ赤にするだけで何も返せなかった。

好きだと自覚した途端、ヒュースの言葉が全て本当に愛してくれているからこその発言に聞こえてくる。

そんなはずはないのにと思うたびに少し切ないけれど、レイミアは今はまだこのぬるま湯に浸っていたかった。

◇◇◇

それは、ブランの熱が下がってから五日経った日の午前のこと。

食事の量や運動量が風邪を引く前の状態に戻ったブランは、いつものようにレイミアの部屋に来ていた。

「レイミア、そろそろ勉強は休憩にして遊ぼうよ！」

そう言って、目をキラキラさせながらぴょんぴょんと跳ねているブランの姿は、数日前まで風邪を引いていたとは思えないほど元気だ。レイミアも医者から歩行許可が下りたため、元気が有り余っているのだが。

(魔族だからということもあるのだろうけれど、やっぱり子供の回復力って凄いわね……)

確かに、自分も幼い頃は風邪を引いても次の日にはコロッと元気になっていた気がする。レイミアはそんなことを思い出しながら、手に持っていた羽ペンを丁寧に机の上に置いた。

「ふふ、そうだね。そうしよっか」

そう笑顔で同意すれば、ブランはより一層笑顔を見せて喜ぶ。

その笑みにつられて、レイミアの頬は溶けてしまいそうなほどに緩んだ。

(ブランくん……！　可愛過ぎる……！)

レイミアは一人っ子で、神殿でもあんな扱いを受けてきたので、こんなに誰かから慕われるなんて人生で初めてだった。

そのため、ついついブランを甘やかしてしまうのだ。

（けれど、いいわよね。幼い時くらい、誰かに目一杯甘えたって）

それからレイミアは、何をして遊ぼうかとブランと会話を重ねていく。

そして、候補が三つ程に絞れた頃だっただろうか。

――コンコン。

「ヒュースだ。レイミア、入っていいか」

ノックの音と、聞き慣れたヒュースの声に、レイミアはブランにごめんねと一言入れてから、扉の方へと向かう。

何か急ぎの用事だろうかと、急いでドアノブに手を掛けて扉を開ければ、そこにあったのは寧ろいつもよりも穏やかに微笑むヒュースの姿だった。

「ヒュース様、中へどうぞ」

「ああ、失礼する」

雰囲気から察するに、物凄く急ぎの用事というわけではないらしい。

それならば、とソファへ案内したのだが。

「何、ヒュース。こんな朝から何の用事なわけ？」

先程まで飛び跳ねてはしゃいでいた、可愛らしいブランはどこに行ったのだろう。

そう思ってしまうくらいに、子供とは思えない冷たい目つきと声音でブランは、ヒュースに座ってもらおうと思っていたソファへ先に腰を下ろしてふんぞり返っている。

そして一方、ヒュースと言えば。

「お前今日もレイミアの部屋にいるのか。自分の部屋があるだろう」

レイミアに見せた穏やかな瞳とは違い、どこか攻撃的な目をブランに向けているようだ。

「別に自分の部屋にいなくちゃいけないルールなんてないでしょ。それに、レイミアだって僕がいると嬉しそうだよ」

「……ハァ。それなら今日は好きなだけレイミアの部屋にいるがいい」

「えっ……？」

可愛らしく裏返ったブランの声と同時に、レイミアは素早く目を瞬かせた。

まさか、ヒュースがそんなことを言うとは思わなかったからである。

（てっきり、ヒュース様はブランくんに反論をすると思っていたのだけれど……）

ブランとヒュースはあまり仲が良くない。もちろんヒュースは大人なので、ブランと同じように相手を挑発したり、大人げない発言をすることは少ないのだが、それにしても今回はあまりにヒュースが冷静というか、大人な対応というか——。

（もしかしたらヒュース様、ブランくんと仲良くなるために、あまり喧嘩《けんか》をしないように努めて

いらっしゃるのかしら）

――確かに彼ならば、それはなくもない、かもしれない。

そう考えたレイミアだったが、ヒュースが次に発した言葉で、彼の大人な対応の秘密を知ることになったのである。

「レイミア、今から私と街へ出かけないか？」

「えっ」

「はっ⁉　何それ‼」

レイミアよりも大きな反応を見せたブランの声が部屋中に響く中、レイミアが「それって……」と掠れた声を出す。

「ああ、つまりデートだ。前回はできなかっただろう？　レイミアさえ良ければ、今日はデートのリベンジをさせてくれないか？」

「……っ、デート……ですか……？」

レイミアはぶわっと熱を帯びた顔を隠すように、勢いよく俯いた。

以前デートに誘われたときは、こんなふうにならなかったというのに。

（……っ、好きだって自覚したら、こんなにも恥ずかしくて、どうしようもなく、嬉しいなんて）

けれど、この気持ちを現時点で伝える気がないレイミアは、キュッと口を結ぶ。

自身の顔を両手でパタパタと扇いで、少しでも顔に纏わりつくような熱を取り払おうとした。

それから顔を上げてヒュースと目を合わせると、この胸のドキドキが彼に聞こえませんようにと願いながら、口を開こうとした。――そのとき。

「それなら僕も一緒に街に行く！　本当は今からレイミアは僕と遊ぶ予定だったんだから、構わないでしょ？」

そんなブランの言葉に、ヒュースの額には青筋がブチブチと浮かぶ。

そんなヒュースを見て、レイミアは脳内でヒィ……！　と叫んだ。

「……は？　いいわけないだろう。ブランは屋敷で待機だ。私はレイミアをデートに誘っているんだぞ。お前は邪魔だ」

「ほんと心が狭いよねヒュースって。そんなんだと、いつかレイミアに愛想つかされるんじゃない？」

「は？」

「そもそもレイミアはデートの話を受けるなんて言ってないし、レイミアの性格考えたらさ、僕との約束破ってヒュースと出かけると思うわけ？　ふん！」

このブランの発言には、ヒュースはぐうの音も出なかったらしい。

ブランとうだうだ揉《も》める前に、レイミアと話さなければいけないと思ったのか、彼はふぅと息を吐いてからレイミアに視線を移した。

「レイミア、ブランとの約束とやらがあるのは本当か？」

「は、はい。今からブランくんと遊ぼうかという話になっていまして……あの、ですので……実は、ブランくんとヒュース様さえ良ければ、三人で街に行くのはいかがですかと、お願いしようと思っておりました」

多忙なヒュースがせっかく誘ってくれたのだから、彼と街に行きたいが、先にブランと遊ぶ約束をした手前、しれっとデートの誘いを受けることはできなかった。

そんな葛藤の下、ブランが提案する前から三人で街に行きたいと思っていたことをレイミアが伝えれば、ヒュースは渋々といった様子でコクリと頷いた。

「……分かった。レイミアがそう言うなら、三人で街へ行こうか」

「はい……！　ありがとうございます、ヒュース様！　ブランくんも、楽しみだね！」

ブランはずっと森の奥に暮らしていたから、街に行ったことがないと前に話していた。そのため、今回の外出にはとても興味を抱いていることだろう。

レイミアも、神殿に引き取られてからは外出できていなかったので、かなり久しぶりだ。

ブランを含めての外出ならばヒュースにドキドキすることは少なく、純粋に街を楽しめるだろうという考えもあって、胸が躍ってしまうのは致し方なかった。

「うん！　レイミアと一緒に街に行けるの嬉しい！」

「……私も行くんだが。というより、ブランはついで……まあいい。とにかく、準備ができ次第行こうか」

そんなヒュースの言葉により、各々部屋に戻って外出の身支度をすることになった。

いつもよりも数段気合いを入れて身支度に協力してくれるシュナに、レイミアは心からありがとうと言葉にした。

◇◇◇

それから約一時間後。

レイミアは身支度を終えると、待ち合わせ場所の正門まで足を急がせた。

すると、そこには既にヒュースとブランの姿があり、遠目からでも二人の間に火花が散っている様子が見えたレイミアは、慌てて大きな声を出した。

「お二人共！　お待たせしました……！」

「「レイミア……!?」」

すると、ぐりんっという効果音が聞こえそうなほど勢いよくこちらに振り向いた二人。

ぱあっと笑顔を見せるブランと、目を見開いて固まるヒュースの様子は、かなり対照的である。

そんな中、二人の近くまで到着すれば、ブランは勢いよくレイミアに抱き着いた。

「レイミア可愛い……！」

「……あ、ありがとうブランくん！　けれど、急に抱き着くのは止めてね？　私が転けてブランくんが怪我をしたら嫌だから！　ね？」

レイミアが優しくそう言うと、ブランは「分かった」と言いながら、レイミアの胸辺りにグリグリと頭を押し付ける。

ここ最近で当たり前となったブランの甘えた攻撃にレイミアは癒やされていたのだが、思いの外それは直ぐに終わりを迎えることになった。

というのも、ヒュースがブランの首根っこを摑み、レイミアから引き剝がしたからである。

「……うげっ！　痛いよヒュース！」

「……いいから、ブランは先に馬車に乗っていろ」

そして、ヒュースはそのままひょいっとブランを馬車の中に放り込んだ。

ブランは馬車内で美しく着地を決め、一方でヒュースはそろりとレイミアに視線を移すのだった。

「レイミア、今日の装いは特に可愛らしいな……まるで、妖精のように愛らしい」

「……っ。あ、ありがとう、ございます……！　せっかく街に行くならとシュナが色々頑張ってくれました……！」

水色の生地に白のストライプ柄が入った、清楚で可愛らしいワンピースに、つばの広い白い帽子。それほどヒールの高くないパンプスは長時間の歩行でも疲れないよう、柔らかい革を使用したものだ。

メイクもいつもと少しだけ雰囲気を変えてやや爽やかな仕上がりになり、髪の毛は軽く巻いてから片側にだけ寄せてあることで、上品さを醸し出している。

(うん、流石シュナ……！　確かにこの装いならヒュース様が褒めてくださるのも頷けるわ！)

そう考えたレイミアは、笑顔を浮かべてウンウンと何度も首を縦に振る。

「レイミアのあの様子だと、愛らしいまで言ってるのに、服装やら髪型だけ褒められてると思ってるんじゃないの？　ヒュース、ドンマイ。……ぷぷっ」

「……うるさいぞ、ブラン」

そのせいか、ヒュースとブランが小さな声でそんな会話をしていることに、レイミアが気づくことはなかった。


それから三人が馬車に乗り込み、揺られること一時間弱。

ヒュースが治めるメクレンブルク公爵領の中で最も栄えている街――サイレリオに到着した一同は降車した。

そのとき、「「わぁっ」」と感嘆の声を漏らしたのは、レイミアとブランだ。

「人々に活気があって、お店も充実しています！　いい街ですね……！　サイレリオ！」

「凄ぃ……僕こんなに沢山の人見たの初めて……！　見たことがないものも沢山あって楽しみ……！　レイミア、早く街を回ろうよ!!　ついでにヒュースも!!」

「ついではお前だ」

急《せ》かすように、繋いだ手をグイグイと引っ張っていくブランは、年相応の表情をしていて可愛らしい。

こんなブランを見ることが出来たのはヒュースのおかげなので、改めて彼に感謝しなければとは思いつつ、ブランの後に続こうとしたのだが。

（あれ……？　何だか違和感が……何だろう？）

街にいる人々を見てとある違和感を覚えたレイミアだったけれど、ぱっと答えは出なかった。

「……レイミア」

「……！」

ヒュースに名前を呼ばれ、同時にブランに繋がれた手とは反対側の手に温もりを感じたレイミアは、勢いよく彼に視線を向けた。

「ブランがいるが、これはデートだからな。しっかり手を繋いでいてくれ」

「……っ、は、い」

「腕組みでも、何ならお姫様抱っこでも構わんが――」

「てっ、手を繋ぐで大丈夫です……！」

必死にそう答えれば、ヒュースはうっすら目を細めて満足げに笑みを零す。

そんな彼に心を奪われそうになるけれど、今日はブランもいるし、せっかく街へ来たのだから満喫しなければと、レイミアは彼をあまり意識しないよう決意した。

それからというもの、レイミアを真ん中にして手を繋いだ三人は、大きな問題なく街を見て回った。

いつもならばブランがヒュースに敵対心を剝き出しにするのだが、今日はよほど街を見て回ることが楽しいらしく、ヒュースのことはそっちのけで興味関心がサイレリオの街並みへと向いているようだ。そのためいつものような喧嘩にはならなかった。

レイミアも見たことがない工芸品や服飾品に夢中になり、あっという間に時間が過ぎた。

そして、昼食を取るべくレストランに入って数分後、レイミアはふと、街に到着したときに感じた違和感の正体に気づいたのだった。

「あの、ヒュース様。サイレリオの人たちって、ヒュース様やブランくんを見ても、あまり大きな反応しませんよね……？」

レイミアがそう問いかければ、ヒュースは美しい所作でナイフとフォークを置いた。

ブランはお子様プレートに夢中になっていたのだが、レイミアの問いかけは聞こえていたようで、ごっくんと咀嚼《そしゃく》を終えると、「僕もそれ思った」と会話に加わる。

すると、ヒュースは「説明していなかったな」とぽつりと声を漏らした。

「まず大前提として、ここサイレリオを含む公爵領に住むほとんどの者は、魔族に対して偏見を持たずにいてくれている」

「ヒュース様やレオさんが、領地や人々を魔物の脅威から守っていること――そのことを分かっているからでしょうか……？」

「おそらく。そんな公爵領は私を含め、魔族にとっても居心地が良くてな。サイレリオへ屋敷の者たちも割と頻繁に街に買い物に来たり、気晴らしに来たりすることがあるんだ」

「なるほど……！　つまり、公爵領の人々は魔族を見ても不用意に恐れるどころか偏見もなく、姿も見慣れているから驚くこともない、と……」

ヒュースはコクリと頷くと同時に、ブランはヒュースとレイミアの会話に納得したらしい。何だか嬉しそうに「ふぅん」とだけ言うと、再びお子様プレートを口いっぱいに頬張っている。

レイミアはというと、堪らず弾《はじ》けんばかりの笑顔を浮かべていて、そんな彼女にヒュースはどうした？　と問いかける。

「この街の……公爵領の人々が、ヒュース様たちが魔物とは違うということも、ヒュース様たちの頑張りもしっかり分かってくれているんだと思うと、その……」

人間との共生を認められていても、魔族はまだまだ肩身の狭い思いをすることが多い。

聖女なんて魔族を嫌う筆頭であり、そんな彼女たちを一番近くで見てきたレイミアだからこそ公爵領の人々がヒュースたちに好意的であることが、堪らなく――。

「嬉しくて……顔がニヤけてしまいます……」

両頬に手を当てて、ニヤつきを抑えようとするレイミアだけれど、どうやら嬉しさが上回って表情筋が上手く機能してくれないらしい。

「レイミア……」

そんなレイミアの頭に、ヒュースはスッと手を伸ばす。

形のいいレイミアの頭を優しく何度も撫でれば、ヒュースはポツリと呟いた。

「――ありがとう、レイミア」

「えっ？　私はお礼を言われるようなことは何も……」

「……はは、分からなくて構わない。私が伝えたかっただけだから」

それから、ヒュースに「冷める前にお食べ」と優しく言われたレイミアが、先程の彼の言葉の意味をしっかりと理解することはなかった。

けれど、ヒュースの表情や声色から、彼が悲しんでいたり、苦しんでいたりはしていないことが読み取れたので、まあいっかと疑問を思考の奥底へとしまい込んだ。


昼食を終えてから三人は、主にブランが行きたいという店を見て回った。

とはいっても、ときおりヒュースがブランに待ったをかけて、レイミアが興味を持ちそうな店にも入ろうと提案してくれたので、レイミアも心惹かれるものを十分見ることができた。

――しかし、楽しい時間こそ過ぎるのは早いもので。

「レイミア見てみろ。綺麗な夕焼けだ」

「本当ですね……。いつの間にか、もうこんな時間に……」

数時間前まで頭上にあった、燦々《さんさん》と光り輝く太陽が、もう今や落ちかけている。

空全体が真っ赤に染まるほどの美しい夕焼けに魅了されるものの、もう少しでこの楽しい時間が終わってしまうのかと思うと、同時に寂しさも覚えた。

そして、そう感じたのはレイミアだけではなかったらしい。

「僕まだ帰りたくない！　もっといっぱい遊びたい」

そう、ヒュースの服を掴みながら懇願したのはブランだ。相当街を見て回るのが楽しかったのか、珍しくヒュースに対して甘えたような声を出している。

ヒュースもそんなブランの気持ちを察しているのか、いつものような冷たい言い方ではなく、穏やかな声色で対応するのだった。

「ブラン、遊びたい気持ちは分かるが、もう夕暮れになる。今日は帰って、また今度来よう」

「……本当に？　絶対、絶対また連れてきてくれる？」

「ああ。私の予定に合わせたらかなり先になるかもしれないから、レオや他の者にも声をかけておいてやる。だから安心しろ。きっとまた直ぐに来られる」

「……!!　やった……！　ヒュースありがとう！」

まるで我が子に向けるような優しい目を見せたヒュースは、何だかんだブランのことが可愛くて仕方がないのだろう。

（ふふ、ヒュース様ったら、ブランくんに甘えられて何だか嬉しそう）

ブランもブランでヒュースが本当は優しいということが分かっているから、子供らしく甘えたんだろう。

いつもツンケンし合う二人の、珍しく穏やかな一幕を目にしたレイミアは心がじんわりとするのを感じながら、三人で帰路へと足を踏み出した。

――けれど、数分後、事態は大きく変化した。

「……まさか、ブランが寝るとはな」

数分前から目を擦《こす》っていたブランは、睡魔から足がふらついていた。

そのことに気づいたレイミアが抱っこし、その直後ブランは眠ってしまったのである。

「……ふふ、ぐっすり眠っていますね。初めて街を訪れて、疲れたのかもしれません」

「……相当はしゃいでいたから、そうだろうな。それにしてもレイミア、ブランは重いだろう。私が代わる」

「あっ……けれど……」

実はレイミアがブランを抱き上げる少し前のこと、眠たいならば抱っこをしようと先に声をかけたのはヒュースだった。

しかし、ブランはレイミアに異常に懐いている。それに、眠たいときはなおさら大好きなレイミアが良いのだと主張し、頑《かたく》なにヒュースを拒んだのだ。

その時の光景をはっきりと覚えていたレイミアは、眠っているブランを彼に預けても構わないだろうかと迷う素振りを見せた、のだが。

「ぐっすり眠っているし、大丈夫だろう」

ヒュースにそう言われ、確かにと納得したレイミアは、ブランを起こさないように細心の注意を払いながら、彼にブランを預けた。

ヒュースの言う通り、深い眠りについているブランは起きることなくヒュースの腕の中で寝息を立てている。

レイミアはそんなブランにホッと胸を撫で下ろしてから、歩き始めたヒュースに置いていかれないよう足を動かした。

「あっ、見てくださいヒュース様」

――それは、馬車まで残り半分の道のりになった頃だろうか。

レイミアが自身の右側の広場を指差すので、ヒュースもそちらの方向に視線を向ければ、そこには楽しそうに遊ぶ五人の少年と少女の姿があった。

「皆で追いかけっこをしているのでしょうか……？　とても楽しそうですね」

「……本当だな。こういう穏やかな光景を見ると、公爵として民や街のためにもっと頑張らなければと思うばかりだ」

キャッキャと声を上げて遊ぶ子供たちに視線を向けながら話すヒュースに、レイミアはふと思う。

（ヒュース様は、もうこれ以上ないくらいに頑張っているのに……それでもなお、もっと頑張らないとと考えるのね……）

今は大分マシになったものの、出会った頃のヒュースはろくに睡眠も取っていなかった。

真面目で、正義感が強くて——それでいて、とても優しいヒュースの役に立ちたいとレイミアが願ったのは、一度や二度じゃない。

そしてその思いは、彼に特別な感情を抱いてからというもの、日に日に増しているように思う。

だからだろうか。もっと頑張りたいというヒュースに、レイミアはほんの少し切なさを覚え、同時にこうも思った。

「ヒュース様、私も一緒に頑張らせてください」

「……！」

「どうか、お一人ではなくて、私のことも頼ってください」

夕日に照らされたせいか、瞳に赤色が混じったレイミアが真剣な表情でそう言うと、ヒュースは目を見開いた。

そんな彼の様子に、突然偉そうなことを言って不快な気持ちにさせてしまったかもと危惧したレイミアは慌てて頭を下げる。

「も、申し訳ありま——」

けれど、レイミアの言葉はそこで途切れた。頭に優しく手を置かれ、それがヒュースであることは簡単に察することが出来たからだ。

「レイミア、顔を上げてこっちを見てくれ。君が謝る必要なんて何一つないよ」

「……っ、は、い」

ヒュースの言葉に従えば、ブランを片手で抱きながら、もう片方の手でこちらの頭に手を伸ばすヒュースの姿が視界に入った。

あまりに優しく微笑むヒュースに、レイミアは咄嗟に声が出なくて口をパクパクとさせる。

すると直後、ヒュースはおもむろに口を開いた。

「レイミア、ありがとう」

「……え？」

そうしてヒュースは、レイミアの頭に置いた手を彼女の頬へと滑らせると、優しく撫でた。

「私の婚約者として、そして妻として、レイミアにはこれから先――民のため、この土地のために、私と共に、頑張ってほしい」

「……っ、はい！　もちろんです、ヒュース様……！」

満面の笑みを見せるレイミアに対してヒュースは、頬を薄っすらと赤く染めて、目尻に皺が寄るくらいにくしゃりと微笑んだ。

その頬の赤みは自身の熱のせいなのか、それとも夕焼けのせいなのか――。

「全く……起きるタイミング失ったんだけど……」

なんて、誰にも聞こえないような声で呟きながら、薄っすらと目を開けているブランには、ヒュースの頬が赤い理由は手に取るように分かる。

——仕方ないから、寝たフリしておいてあげようかな。

ブランは内心そんなことを思いながら、再びゆっくりと目を瞑る。

「今度は二人きりでデートをしてほしい」と、抜け目なく次の約束を取り付けているヒュースの言葉も、聞こえていないフリをしながら。

◇◇◇

三人で街に出かけてから数日が経った頃。

レイミアが自室で魔物についての本を読んでいると、ソファで足をぶらぶらとさせるブランに「ねぇ」と声をかけられた。

「なーに？」と返すレイミアの声は、可愛くて仕方がないブランに話しかけられたことで、頗る明るい。

「いや、ていうかさ……」

「うん、どうしたの？　あっ、お膝の上座る？　そっちにいこうか？」

「うん、座る。……って、そうじゃなくて」

レイミアは本を閉じてゆっくりと立ち上がると、ブランが座るソファへと向かう。

それから重厚感のあるソファに腰を下ろすと、ささっと膝の上に乗って背中を預けてくるブランに微笑んだ。

そのまま、部屋の端に控えるシュナに、レイミアは視線を移す。

「シュナ。少し休憩するから、お茶の準備をお願いしても良い？」

「かしこまりました。既に出来てございます」

「わぁ、流石ね……ありがとう……！」

指示される前に動くのがメイドの務めでございますと、以前シュナが言っていた気がするが、有言実行とは流石である。

お茶だけでなく、疲れた脳みそには甘いものを、と言ってお菓子まで出してくれるシュナは、まさに敏腕メイドだ。

「それでブランくん、何を話そうとしてたの？　あ、夕ご飯が食べられなくなっちゃうから、おやつは食べすぎないようにしようね」

「うん。それも分かって――って、そうじゃなくてね！　レイミアとヒュースって、わりと最近婚約者になったんだよね？」

「えっ……ああ、そうね……。どうしたの、突然」

ブラン自らヒュースの話題を出すのは珍しい。

以前街に出掛けた時は、少し距離が縮まったように見えた二人だったが、ブランはヒュースに対して、敵対心を持っているからである。

きっと、ブランは男の子だから同性で自分より強いヒュースに負けたくないと思っているのだろうとレイミアは予想している。

（そういえば前から思っていたけれど、レオさんにはわりと好意的よね）

というかブランは、基本的に屋敷の皆に好意的だ。ヒュースに対してだけ威嚇する猫のように敵対心をむき出しにするだけで。

普段は、ベッタリとくっついたり、甘えたりするのはレイミアに対してだけなのだが、それはまあ、甘えられる姉とでも思っているのだろうと自己完結をすることにした。

「この屋敷に来てからずっと気になってたんだけどさ」

「うん」

「ヒュースが公爵領の領主で、レイミアが聖女だったから、二人は婚約してるんだよね？」

「そうだけれど……どうしたの？」

ブランにはヒュースとレイミアの関係性について簡単に話してあるし、屋敷の者たちからも聞いたのだろう。

きちんと理解しているはずのブランが何を聞きたいのか分からずレイミアが小首をかしげると、ブランは唇を突き出すようにして疑問を口にした。

「じゃあなんで、ヒュース《あいつ》はレイミアにあんなにべた惚れなわけ？」

「…………。えっ⁉」

ブランはずっと疑問だった。

ヒュースがレイミアに惚れ込んでいるのに、レイミアは何故それに応えないのか。

レイミアもヒュースのことが好きなのは見ていれば分かるというのに。

抱き上げられたときの反応もそうだが、ここ数日それは顕著だったから。

というのも、ヒュースはここ数日、レイミアにべったりだった。

もちろん仕事はきっちりこなしていたし、バリオン森に行く時や客が来た際、湯浴みや睡眠時間等は別に過ごしていたものの、それ以外の時間はほとんど側にいた。

足を挫いたレイミアに無理をさせない、彼女を歩かせない、歩きたいと言うならば、その度に横抱きをするという名目でだ。

――ヒュース、わかりやす過ぎるんだよね。

まあ、それはただの建前で、ヒュースはレイミアの近くにいたかったのだろう。ブランにはそれが手に取るように分かった。まあ、当然邪魔はしたけれど。

レイミアに対して同じ感情を持つ者として、分からないはずがなかったのだ。

しかし、レイミアの反応には驚いたものだ。

今まではレイミアは、ヒュースの甘い言葉にもそれ程反応することはなかったとシュナから聞いていたブランは、突然ヒュースを意識しだしたレイミアにある確信を持った。

驚いた声を上げるレイミアに、ブランは視線を斜め下へと下ろした。

「べ、べた惚れってそんなことないわ……？　ヒュース様はお優しいだけで……」

「あいつはそんなに優しい奴じゃないでしょ。現に僕と初めて会ったとき、迷わず蹴り飛ばしたよ？　屋敷から出て行っても構わないって言ってたし」

「それは……」

「それに、こんな幼い僕にも嫉妬してるんだよ？　どう見たってレイミアのこと好きでしょ。……いや、大好きでしょ」

「…………っ」

ブランもレイミアのことが好きだ。初めはレイミアに対して母のような感情を持っていたものの、それは急激に恋心へと変わっていった。

心の隙間を埋めてくれた存在だったからなのかもしれないけれど、少なくともブランからしてみれば、これは初恋だったのだ。

けれど、自身の初恋は叶わないのだろう。

聡いブランはレイミアとヒュースを見て、それを感じ取っていたし、それならばせめてレイミアが笑ってくれたらな、と子供ながらに願っていた。……まあ、邪魔もするけれど。

「レイミアもさ、ヒュースのこと好きなんでしょ？　見てれば分かるよ」

「えっ……!?」

「シュナも気付いてるでしょう？」

「はい。僭越《せんえつ》ながらここ数日突然、レイミア様のヒュース様を見る目が恋する乙女《おとめ》のものに変わりましたので」

「シ、シュナにもバレていたの……っ!?」

ブランの質問に始まり、まさかこんな展開になるなんて思ってもみなかったレイミアは、羞恥で火照った顔を両手で覆い隠した。

（は、恥ずかし過ぎる……！）

――ヒュースは、言霊聖女のレイミアだから大切にしてくれているというのに。

レイミアは好きだという気持ちに蓋をすると決めたくせに、周りにバレてしまうくらい表に出してしまっていた自分に、羞恥と呆れが混じり合った感情に苛《さいな》まれた。

「二人共……このことはヒュース様には言わないで……！　どうか……お願い……っ！」

「もちろん、そのような真似《まね》は致しませんが――」

「でもさ、ヒュースもレイミアも両思いなら、別に隠す必要もないと思うんだけど」

レイミアがヒュースの思いを勘違いしていることをシュナは知っているが、ブランはまだそのことを知らない。

だから、その気持ちがバレたってなんの問題もないだろうと小さく呟いたブランに、シュナは素早く近づくと、事のあらましを説明した。

レイミアの許可なく勝手に話すことは問題であることは分かっているが、もうそろそろ思い込んでいるレイミアも、勘違いされていることに気付いていないヒュースも不憫《ふびん》だったから。

ブランの存在が、二人の救世主になるのではと、シュナは期待しているのだ。

「なるほどね……レイミアはさ、ヒュースに言霊聖女だから大切にするってはっきり言われたの？　言霊の加護があるレイミアにしか価値はないって言われたの？」

「い、言われていないわ……ヒュース様はお優しい方だから、そんな言い方はなさらなかったけれど……けれど本心は……」

か細い声で話すレイミアに、ブランは「あのねぇ！」とやや声を荒らげた。

「本心なんてヒュースにしか分からないでしょ？　それにヒュースは優しいんだよね？　それなら変にレイミアが勘違いするような物言いはしないんじゃない？」

「……！」

「それにさ、何でそんなにレイミアは自分に自信がないの？　それこそ、言霊聖女って世界で唯一無二なんでしょ？　それだけでも十分誇れるのに」

「それは…………」

両親に売られるも同然の扱いを受けたこと、神殿での境遇がレイミアの心を深く傷付け、一時は意志を言葉に乗せることさえできなくなっていたこと。

レイミアはこれを、ヒュースにさえ言っていない。

心配させたくないし、何よりもう過去の話だから。

……けれど、ブランに言われてハッとしたのだ。

まだレイミアは過去に囚《とら》われており、そのせいでヒュースの言葉を、気持ちを信じられていないことに。

(今思えば、ヒュース様の言葉はいつだって真《ま》っ直《す》ぐだった……私が心の中で、都合のいい解釈をしてはだめだと思いこんでいただけで……)

それも過去の環境の弊害なのだろう。

レイミアは自身の心を傷つけないように、彼の心にも、自身の心にも予防線を張っていたのだ。

「……シュナ、ブランくん、ヒュース様には、絶対に私の気持ちは言わないで」

「『…………』」

──けれど、もうそれは終わりにしていいのかもしれない。

「私の気持ちは……私から直接伝えるわ」

「『…………!!』」

ヒュースの本心は分からない。ただ、言霊が使えない時から命を張って守ってくれるような人なのだ。

（きっと大丈夫……私の気持ちを、無下にはしないわよね）

もちろん自身と同じ気持ちではないことは十分考えられる。ヒュースがレイミアのことを愛する人としてではなく、例えば妹のように思っている可能性だってなくはないけれど。

（それはそれで、きちんと伝えて片思いしましょう）

そう決めたレイミアは、ブランを自身の隣にぽすっと座らせると、安静が解けたばかりの左足にはあまり力を入れないようにして、ゆっくりと立ち上がった。

「私のお話を聞いていただけるよう、時間を作ってくださいって伝えてくるわね」

「うん。なんか僕が背中を押すはめになったのはちょっと癪《しゃく》だけど、頑張って、レイミア」

「……？　う、うん、行ってきます！　ブランくん、ありがとう！　もちろんシュナも……！」

「行ってらっしゃいませ」

――バタン。

扉が閉まり、主人がいなくなったレイミアの部屋には一瞬静寂が流れる。

それを破ったのは、ブランのぐすっと鼻をすする音だった。

「僕がもう少し大人だったら、ヒュースになんて渡さないのに……」

「…………。ブラン、今日だけは沢山お菓子を食べても宜しいですよ。レイミア様には、私から上手く言っておきますから」

「シュナ…………ありがとう」

◇◇◇

レイミアがヒュースの元へ向かう少し前のこと。

自室にいたヒュースは鋭い瞳で書類に目を通すと、それを乱雑にテーブルに叩きつけた。

「想像はしていたが……胸糞《むなくそ》悪いな」

ヒュースの魔力が乱れ、窓ガラスがピキピキと音を立てる。

レイミアが今まで神殿でどのような扱いをされてきたのかがびっしりと書かれている書類を読み終わったヒュースは、おおよそのことは想像できていたというのに、改めてその報告を受けると怒りがぶり返した。

「レイミア……」

レイミアが嫁いできた次の日、ヒュースは部下に頼んでレイミアのことを調べさせた。

どんな経緯で神殿に行くことになったのか、神殿での生活はどのようなものだったのか。

正式に神殿へ抗議するならば、詳細を知っておく必要があったからだ。

ヒュースが奥歯を噛みしめると、同時にコンコンと扉を叩く音が部屋に響く。

返事をする前に入ってきたのは、「入るぜ〜」と緩く言い放ったレオだった。

「……って、うおっ‼　何でこんなに魔力漏れてんだよ‼　つーか殺気……！」

「私は今お前に構ってられるほど冷静ではない。大した用じゃないなら出ていけ」

「馬鹿かよ。こんなお前を放っておいたらこの屋敷がどうなるか！　……せっかくここの暮らしに慣れてきたのに、屋敷が壊れるなんてことになったらレイミアちゃん、どんな顔すっかな」

「…………」

レオのそんな声掛けは、今のヒュースにはどんな言葉よりも響いたらしい。

レイミアを傷つけたくないとするヒュースは、肩を上下させながら大きく息を吸い、そして吐き出すと、椅子へと腰掛けた。

「……で、何用だ」

「いや、今朝《けさ》レイミアちゃんが言霊の力を使ってくれたおかげで、かなりの数の魔物が森の奥に行ったから、一応その報告に来ただけだ。むしろ、お前はどうしたんだよ？」

「…………これを読め」

先程テーブルに叩きつけた書類の束を、ヒュースは乱雑にレオへ手渡した。

口頭で説明するのも怒りが再燃しそうなので、この方法を取ったのである。

見る見るうちに額に青筋を立てるレオに、ヒュースは「おい」と声を掛けた。

「お前も魔力漏れてるぞ。抑えろ」

「……っ、悪い……こんなの、ヒュースが怒らないわけねぇよな」

――ほぼ毎日、一食だけの食事。その内容も粗末なもので、廃棄する予定のパンに、具が残っていないスープ。

神殿内の清掃はレイミアの仕事とされており、少しでも汚れが残っていたら神殿内のすべての掃除のやり直しを命じられていたらしい。

蹴る殴るはなかったものの、汚水をかけられ、罵詈雑言《ばりぞうごん》を浴びせられ、レイミアの意見や懇願は何一つ通らなかった。

毎日毎日加護なし聖女だと罵られ、役立たず、神殿の恥だと言われていたと、書類には書いてあった。

「……ああ、今目の前に神殿の者たちがいたら、迷わずに殺すくらいには腹が立って仕方がないな」

「……それはやめとけよ、って言いたいとこだが……まあ、分からんでもない。あんなにいい子に、よくこんな仕打ちを……」

ヒュースがレイミアのことを婚約者として――未来の最愛の妻として大切に思っていることを知っているレオは、書類をテーブルに置きながら、ヒュースの表情を見やる。

冷静さを取り戻したからなのか、パッと見は涼しい顔に見える。

しかし付き合いの長いレオには、ふつふつと込み上げてくる怒りを必死に抑えているだけなことが容易に想像できた。

それに、ヒュースはこのクールそうな見た目とは裏腹に、わりと攻撃的な性格だ。

レイミアが受けてきた仕打ちを正確に知ってしまった上で、何もしないとは思えなかった。

「……んで、どうするんだよ、これから」

「レイミアが受けてきた仕打ちを正式に問題にする。神殿に抗議文を出したところで事実無根だと躱《かわ》されるのは目に見えているから、最短ルートで攻める。……陛下に、この報告書を見ていただく」

「……！　ヒュース、本気だな」

ヒュースは公爵家の当主として、国王と深い交流がある。

便りを出すなり直談判《じかだんぱん》するなり、色々と方法はあるが、予定等を考えると一番早いのは便りだろうか。

「けど、陛下は対処してくれるのか？　こう言っちゃあれだが……神殿内のことは神殿で片付けろって言うんじゃあ……」

「レイミアがただの聖女ならそうかもしれないな」

「そうか！　レイミアちゃんは世界で唯一の言霊聖女……！　そんな貴重な子にこの仕打ちは……陛下も見逃せないな」

「ああ、それに――」

レイミアが何故、最近まで言霊の加護が目覚めなかったのか。

ヒュースはその答えに、確信を持っていた。

「神殿での酷い扱いのせいで、レイミアの加護《ギフト》が発動しなかった可能性が高い」

「…………!?」

「何を言っても否定され、罵られてきたんだ。レイミアはきっと、その現状に諦めて、自分の意見を何も言わなくなったんだろう。言霊の加護は言葉と意志、魔力が全て嚙み合ったときに発動する能力だと聞いたことがある。……つまり、神殿の奴らのせいで、レイミアの加護が発動しなかったと考えるのはおかしな話じゃない」

……となると、神殿で暮らす人間たちの罪は重い。

ただの虐めでは済まされない。

彼ら彼女らの行いは、世界で唯一の言霊聖女の能力発現を邪魔するものだったのかもしれないのだから。

ヒュースからしてみれば、レイミアが言霊聖女であることは彼女の一部でしかないし、そこはさほど重要視していないのだが。

それでも、国王にはレイミアが言霊聖女であることを強調して話した方がいいのは間違いないだろう。

神殿の者たち――特に先頭を切ってレイミアを虐めたアドリエンヌと、ずっと見て見ぬふりをしてきた神殿長には、それなりの罰を受けてもらわなければ、気が収まりそうになかった。

「……レイミアは優しい。もしかしたら過去のことだから構わないと、そう思っているかもしれないが、私は許せそうにない。それに……」

「…………このことは、レイミアちゃんには？」

「話すさ。彼女に、神殿での扱いを確認する必要もある。……口にするのは辛いかもしれないがな。——それでも、神殿の者たちは罰せられるべきだ。そうじゃないと、過去のレイミアがあまりに可哀想だ」

伏し目がちにそう呟いたヒュースに、レオはコクリと頷くだけで何も言わなかった。

もうここまで来たら口を出すべきではないと思ったから。

「ま、なるようになるだろ。とにかく、レイミアちゃんのことなんだからしっかり話を——」

——コンコン。

その時、レオの言葉を遮るようにしてノックの音が部屋に響いた。

「ヒュース様、よろしいでしょうか」

その聞き心地の好い声は、レイミアのものだ。

「レイミア、入っていい」

「失礼いたします。……あっ、レオさんがいらっしゃったんですね。申し訳ありません。お邪魔をしてしまって……」

「いや、邪魔なのはレオだから問題ない」

「正直過ぎるな、おい」

いつものヒュースとレオのやり取りに、口元に手をやって小さく笑うレイミア。

ヒュースが「どうしたんだ?」と改めて問いかければ、レイミアはやや緊張した面持ちで唇を震わせた。

「今日って……どこかのタイミングでお話しすることって可能ですか……?」

「……! ああ。レイミアからの誘いならいくらでも時間を作る。……だがこのあと商談でな。話は夜でも構わないだろうか?」

「はい。もちろんです。ありがとうございます……!」

用件はそれだけだったようで、レイミアはレオもいるからか、駆け足で部屋から去っていった。

「なんかレイミアちゃん、顔赤くなかったか……?」

レイミアが一世一代の告白をしようなんて考えているとは夢にも思わないヒュースは、さらっと呟いたレオに「風邪じゃなければいいがな」と心配を孕んだ声で答えたのだった。


日が沈み、代わりに月が昇ってきてしばらく経った頃。

夕食を終え、自室でリラックスをしていると来客があったため、レイミアは読んでいた魔法書を閉じた。

「レイミア、遅くなって済まない」

「いらっしゃいませ、ヒュース様。すぐにお茶の用意をいたしますね」

事前にシュナは下がらせてあったため、レイミアは自らお茶を準備すると、先にヒュースが座っているバルコニーのテラス席へと急いだ。

ふんわりと香る紅茶の香りに、立ち上る湯気。

ヒュースの斜め向かいに腰を下ろし、彼とほぼ同時に喉を潤せば、ほうっと息をついた。

「それでレイミア、話というのは」

「あっ、えっと……それはですね……！」

話を切り出したのはヒュースからだ。

夜まで考える時間はそれなりにあったはずだというのに、こう改まって聞かれると何から話せばいいか分からず、レイミアは口をもごもごと動かすだけできちんとした言葉が中々出てこない。

(好きです……！　かな？　いやでも物凄く急だし……ヒュース様に聞いてみる？　私のことどう思ってますか、って？　いやでも、なんか、それ狡《ずる》いわよね……)

黒目をキョロキョロ動かして明らかに狼狽《ろうばい》するレイミアに、ヒュースはどうしたのだろうかと、きょとんとした表情を見せる。

「あー……うー……」と頭を悩ませているレイミアに、ヒュースは優しい声色で問いかけた。

「実は私からも話があってな。先にいいか？」

「はい……っ！　もちろんです」

「ありがとう」

蒼色《あおいろ》の目を細めて薄っすらと笑ったヒュースだったが、ティーカップをソーサーに置いた瞬間、彼の纏う空気が一変する。

一気にピリついた空気になったことにすぐさま気がついたレイミアは、無意識に姿勢を正した。

そうして、ヒュースの様子をじっと見つめると。

「……レイミア、君が神殿でどんな扱いを受けていたのか、悪いが秘密裏に調べさせてもらった。食事のことや汚水をかけられたり、罵声を浴びせられたりしたこと」

「えっ……」

「それでだ、私は神殿で起こった、君への不当な扱いを正式に問題にしようと思っている」

「……!?」

（なっ、何……？　どういうこと……？）

あまりに驚いたレイミアが目を見開いて固まっていると、ヒュースが事の経緯を説明してくれた。

レイミアの様子をシュナから聞いたこと、嫁いできた日以前は加護が発動していなかったならば神殿での扱いが酷いものだったのではないかと、予想したこと。

確証を得るまで、レイミアには秘密にして調べていたこと。

その報告が上がってきたため、レイミアを虐めたアドリエンヌを含む聖女たちと、見て見ぬふりをしてきた、神殿長や神官たちには罰を与えなければいけないと考えていること。

「急な話で混乱するだろうが、レイミアが過去に辛い思いをしてきたことを知った今、私はこれを見過ごすわけにはいかない」

「ヒュース様……」

「だから……辛いかもしれないが……確認のために答えてほしい。レイミアは神殿で、酷い扱いを受けていたのか」

きっと、昨日までのレイミアならば頷かなかっただろう。

ヒュースに心配をかけたくないのはもちろん、過去の辛かった思い出と向き合うことも、苦しかったから。

「……はい。そうです。私はアドリエンヌ様を始めとする聖女たちに虐められ、神殿長や神官たちは助けてくれませんでした。……苦しくて、辛かったです……っ」

「……そう、か。ありがとうレイミア、話してくれて」

震える声で言葉を紡いだレイミアの手に、ヒュースの骨ばった大きな手が重ねられる。

(このお方の手は、なんて安心するんだろう……)

自分のことのように、切なげに眉尻を下げるヒュース。

そんな彼を見ると、レイミアは悲しみよりも愛《いと》おしさが溢れてくる。

「……だが意外だった。レイミアの性格なら、否定するかもしれないと思っていたんだが……」

「……そう、かも、しれませんね。けれど、色々考えたのです」

初めは、ヒュースと約束を取り付けた後、レイミアは一人部屋に籠もって考えた。

それに関しては、ヒュースにどんな言葉で思いを伝えればいいのかということだった。

それに関しては、明確な答えは出なかったのだけれど。

そんなふうに頭を悩ませる中で、レイミアはもう一つの事柄を考えていたのだ。

ヒュースの真っ直ぐな言葉を、期待してはだめだからと思うようになって、素直に考えられないのは何故だろうと。

それはおそらく、神殿での生活で誰からも必要とされず、存在を否定されたり、罵られたり、あまりに酷い扱いを受けることで、どうせ私は誰にも求めてもらえない、私のことなんて誰も好きになってくれるはずがないと、思うようになったからだろうと。

もちろんレイミアの元の性格の影響がないとは言わないが、大きくは生活環境のせいだろう。

そう考えたレイミアは、過去の辛い日々も認めなければいけないと思ったのだ。

──それと、もう一つ。

「私のように、通常よりも加護《ギフト》が目覚めるのが遅い子が今後現れないとは限らないなと、考えて……」

この国に聖女は十数人存在し、一定の歳になると加護《ギフト》が目覚めるとされている。しかし、レイミアはそうではなかった。

周りの聖女たちから無能だと蔑まれ、加護なしだと揶揄《やゆ》され、ずっと嫌がらせをされてきた。

辛くて、苦しくて、毎日心のどこかで、なんで私だけがこんな思いをしなければいけないのかと、嘆いていた。

けれど、そんなレイミアの環境は、ヒュースの優しさに触れたおかげで、一転したのだ。

「結果として私は、言霊の加護が発動しました。ヒュース様やレオさん、ブランやシュナに会えて……今は、胸を張って幸せだと言えます。けれど、もし、この土地に来るよう命じられたのが私じゃなかったら……そう考えると……」

あんな辛い日々が死ぬまで続いていたのかもしれないのだと、レイミアは背筋が凍る思いだった。

「あんな辛い思いは、もう過去の私だけで十分です。けれど私には、これから私のように加護の発現が遅いかもしれない未来の聖女たちに、直接何かをしてあげられるほどの力はないから……だから」

「ああ」

「もしも、私のように加護の発現が遅い子が現れても、苦しまないように、できることだけはしてあげたいんです」

「……ああ」

「そのためにも、アドリエンヌ様たちや神殿長たちの行為は、今後改めてほしいと、思うようになりました」

「……全く、君という女性は……」

ヒュースが目の辺りを手で覆い隠して、天を仰ぐ。

呆れてしまったのだろうかとレイミアが不安混じりの瞳を向けると、ヒュースはその視線に気付いたのか、レイミアに柔らかな眼差しを向けながらゆっくりと口を開いた。

「……レイミアは優し過ぎる。神殿の奴らに怒ったって、天罰が下ればいいと願ったって、誰も文句は言わないのに」

「……えっ！　あの……その……ヒュース様ってたまに攻撃的ですよね……？」

「ああ。君以外にはな」

「……っ」

そういうことを言われると、また期待しそうになるのだから困ったものだ。

けれど、胸のドキドキが気持ち良くて、ずっと味わっていたいとも思う。

(好きだって認めると……こんなにも感じ方が違うのね……。って、それは一旦置いておいて)

神殿での生活を心配し、かつ正式に問題にもしてくれるヒュースに、まずはお礼を言わなければと、レイミアは座った状態で深く頭を下げた。

「私のことを心配してくださって……ありがとうございます。私の憂いを晴らそうとしてくださって、ありがとうございます。私の心を大切にしてくださって……ありがとうございます」

「当然だ」

間髪を容れずに答えるヒュースに、レイミアはまた胸が疼く。

(なんて優しくて……素敵なお方……好きっ)

——もう当たって砕けるのなら、早く砕けてしまおうか。

いや、出来れば砕けたくはないのだが、客観的に考えても眉目秀麗で公爵のヒュースと、レイミアが釣り合うかどうかと言われると微妙な話なのは事実だ。

そこはもう、レイミアでは大きく変えることは出来ないので、それならばもういっそのこと、とレイミアが口を開こうとした瞬間だった。

ひゅるりと風が吹いて、レイミアは少しだけ目を細める。

視界に捉えていたヒュースの手がそっと自身の頬に触れたと思えば、彼の口から出た言葉に、目を見開いた。

「好きな女性が傷付けられて、それを放っておけるほど私は薄情な男じゃない。……それに私は言っただろう？　君を大切にすると。この世で最も愛する女性を大切にするのは、至極当然のことだと思うが」

「…………。えっ……？」

それはまるで、愛の告白のようにも聞こえる。

――いや、言葉をそのまま受け取るなら愛の告白としか思えないヒュースの言葉に、レイミアは今までのように自己完結させずに、喉を震わせた。

「どうして……そこまで……っ」

レイミアの問いかけに、「ん？」と言って微笑むヒュース。

そしてヒュースは少し頬を赤く染めて、思い出すようにして語り始めた。

「覚えているか？　輿入《こしい》れの日、レイミアは魔族と人間を種族だけで分けることに意味はないとはっきり言い切った。聖女は誰よりも、魔族を穢らわしいと忌み嫌っているはずなのに」

だから王命で聖女が嫁いでくると聞いた際、ヒュースは頭を悩ませていたのだ。

王命とはいえ強制的に嫁がなければならず、聖女として役に立てと言われるなんて、その子が可哀想だ。だからこそ、できる限り大切にしたいと、穢らわしいと言われたって、我慢しなければと思っていたというのに。

「あれには本当に驚いた。適当に言っているわけじゃないことも、感覚的にも分かった」

「魔族と魔物が別物だということは周知されていますし……っ、それに……ヒュース様は私を命がけで助けてくださって……騙したことも、許してくださって……っ」

「……そうだとしても、皆一概にレイミアのように思えるわけじゃない。……まあ、君は根っから優しいから、当たり前のようにそう思えるのだろうが――私には衝撃的だった。……レイミアへの認識が、一瞬にして変わったよ」

頬に伸ばされたヒュースの手が、すりすりと肌を撫でる。

レイミアは気恥かしさと心地よさで目を細めると、ヒュースが微笑みをこぼした。

「そんな反応も、可愛いな」

「〜〜っ」

その手を退けようと思えば、いつだって出来る。

けれどレイミアはその手の心地よさと気恥ずかしさを天秤《てんびん》にかけ、心地よさを取ったのだった。

もっと触れてほしくて、自身の頬に触れるヒュースの手に自身の手を覆い被せ、頬を動かせば、ヒュースはピクリと体を弾ませた。

「……じゃあ、ヒュース様は……その、輿入れの日から、私のことを好いてくださっていたのですか……？」

やや上目遣いぎみにそう問いかけたレイミアに、ヒュースは喉を上下に揺らし、ごくりと音を立てる。

「……そうだ。それに、私のことを幸せにすると言ってくれたところも、この地のために言霊の能力を把握したいからと頑張ってくれたところも、自分だって倒れる寸前なのに、私を休ませるために言霊を使うところも」

「あ、あのヒュース様……？」

次から次へとレイミアを好ましく思ったきっかけを並べていくヒュースに声をかけるが、彼はこの際だから全部言うと決めているようで、止めることはなかった。

「ブランに対して聖母のように優しいところも、屋敷の皆とも仲良くしてくれるところも、公爵夫人としての勉強に励んでくれるところも……私の名前を呼んで、笑いかけてくれるところも、全て――」

刹那の間。ヒュースの蒼色の瞳と、レイミアの桃色の瞳が、しっかりと交わった。

「どうしようもなく、愛おしい。輿入れの日からずっと、私はレイミアのことが好きだ」

「…………っ」

「レイミア……？」

(何で……っ)

頬を濡らすものは、神殿にいるときにかけられた汚水でも、数多《あまた》に降り注ぐ雨でもなかった。

ヒュースの手も濡らしてしまうそれを止めたいのに、自分の意志では止まらなくて、言霊を使おうにも、魔力が乱れていて使えそうにない。

「レイミア……泣くな。……そんなに、私に思われることが嫌だったのか……？」

「……っ、ちがっ、……そうじゃ、なくて……私……っ」

そこでレイミアは、嗚咽《おえつ》を漏らしながらも必死に言葉を紡ぎ始めた。

自身の気持ちを伝えたいことはもちろん、きちんと伝えてくれたヒュースに誤解されたくなかったし、悲しい顔をさせたくなんてなかったから。

「ずっと自信がなくて……ヒュース様の気持ちを、信じないようにしてきたんです……っ、言霊聖女だから求められてるんだって……思うように、してたんです……っ」

「……なるほど、そういうことか」

どうやら説明は理解してもらえたらしい。

嗚咽を漏らしながらも話すレイミアだったが、次の瞬間、ヒュースの逞《たくま》しい腕に抱き締められた。目を見開くと同時に、涙が止まったのは何より驚きが勝ったからだった。

「じゃあ今は、私の気持ちは伝わったんだな？」

「は、い……っ」

「……それなら、泣いているのは私への罪悪感からか？」

「それもありますが……それだけじゃなくて……っ、嬉しかったから……っ、だって私も……っ」

このときレイミアの心の中には、もう迷いはなかった。

どんなふうに話を切り出そうか、どんな言葉で伝えようかなんて、頭の片隅にもなかったのだ。

「ヒュース様のことが好きです。だから……！」

「…………！」

その瞬間、レイミアもヒュースの背中に腕を回すようにして抱きついた。

両思いが事実であること、これが現実だということを確認するように。

「レイミア……本当に……？」

「はい……っ、王命だからとか、そんなことは関係なくて……私はヒュース様をお慕いしております……っ」

「……っ」

背中に回されたヒュースの逞しい腕に、ぐぐぐと力が籠もった。

耳元で囁かれた「嬉しい……」という声に、レイミアは何だかまた涙が出そうだった。

それから、どのくらい時間が経っただろう。

もう紅茶も完全に冷めきってしまっただろうか。

レイミアは頭の片隅でそんなことを思いながらもぞもぞと身動《みじろ》ぐと、彼の背中を優しく数回タップして、口を開いた。

「ヒュース様……あの、良ければお顔が見たい、です」

「……今はまだ見せられるような顔じゃないんだが……」

「……？」

泣いたのはレイミアで、ヒュースではないというのに。

それにヒュースは惚れ惚れするほど美しい顔をしているので、きっとどんな表情をしていたって格好いいに決まっている。

「……だめ、ですか………？」

「………。分かった」

渋々といった声色だったが、ヒュースが抱きしめる腕の力を弱める。

レイミアは少しだけ体を起こし、そして至近距離にあるヒュースの顔を見上げると、今まで見たことがない頬と耳の色付きに、感染したように自身の顔も赤くなるのが分かった。

「ヒュ、ヒュース様……っ、お顔が赤く……っ！」

「……だから言っただろう。見せられるような顔じゃないって」

「……っ、けれどその、照れたヒュース様を見られて、正直嬉しいです……！　ふふ……どんなお顔をされていても、大好きです、ヒュース様」

「…………っ」

——警戒心なんて欠片もない、無邪気な笑顔。至近距離で、目を合わせて大好きと言われたら、そんなの。

それは、ヒュースの中の何かが、プツンと音を立てて切れた瞬間だった。

「レイミア、先に謝っておく。済まない」

「はい……？　……って、きゃあっ」

ヒュースは性急に立ち上がると、レイミアの腰あたりと膝裏あたりを抱え、持ち上げた。

「えっ…………えっ⁉」

(何で……⁉　もう足は治ったのに……⁉)

以前もされたお姫様抱っこだったが、今回は納得がいく理由がないため、以前よりも困惑が深い。

　しかしそんなことを考えていられたのは一瞬で、ヒュースはバルコニーから室内に場所を移すと、優しい手付きでレイミアをベッドへと下ろす。

　そして、レイミアの両手首を摑んだヒュースは、少し力を加えると、彼女をベッドに押し倒した。

　──どうして、こんなことになっているのだろう。

「レイミア、夜に男と部屋で二人きりなんて、もう少し警戒心を持ったほうがいい。……あんなふうに無邪気に大好きだなんて言われたら、我慢ができなくなる」

「……っ、ダメです、ヒュース様……っ」

　ひんやりとしたシーツの上。頭上で手首を縫い付けられたレイミアは、潤んだ瞳でヒュースを見つめる。

　ヒュースは「ふっ」と小さく笑うと、そんなレイミアにぐいと顔を近付けた。

「本当に嫌ならば言霊を使うと良い。……使わないなら──」

　驚くほどに整った顔が少しずつ近づいてくる。

　下を向いているためか、ヒュースの銀髪が垂れて頰や首筋に当たるのが擽《くすぐ》ったい。けれど、それは一切不快ではなかった。

「言霊は、いりませんわ……」

ポツリと呟いて、レイミアは目を瞑る。

動揺と緊張、そしてこれ以上ない多幸感に包まれた。

……のだけれど、その瞬間が訪れることはなかった。

「悪いレイミアちゃん!!　ここにヒュースはいるかって……嘘だろ⁉　なんつーいいタイミングで来ちまったんだ俺は!!」

「……そう思っているならさっさと扉を閉めろレオ」

扉が壊れてしまうほどの勢いで入ってきたのは、ハァハァと肩で息をするレオだ。

今にもキスをしそうな状況を見られたことに、レイミアは熟した苺《いちご》のように真っ赤になった頬を必死に隠そうとする。だが、耳元でヒュースが「また後でな」と囁くので、それは無理な話だった。

「……で、何事だ。急用なんだろう」

レイミアの背中を支えて優しく起き上がらせたヒュースが、視線だけをレオに向けてそう尋ねる。

するとレオは「そう、それが！」と慌てて口を開いたのだった。

「バリオン森へ偵察に行った部下から、人間が襲われてるって連絡が入ってきたんだ……！」

「「…………!!」」

緊急性が高いということをすぐに理解したヒュースは、立ち上がるとレオに問いかけた。

「お前の部下たちでは対処ができないような強力な魔物なのか？」

「……いや、そうじゃない。その人間は、助けようとした部下たちにも攻撃したらしくてな。手に負えないからって報告してきたんだ」

「何……？」

レオ曰く、バリオン森に入り込んだ人間は、若い女性らしかった。

そしてその女性は運悪く、レイミアの言霊の範囲外にいた魔物の群れと遭遇し、襲われた。

どうやら魔法が使えるらしく魔物と交戦していたものの、苦戦していた。そこにレオの部下である魔族たちが現れ助けようとした、のだけれど。

魔物も魔族も同じく敵だと決めつけているその女性は、レオの部下にも攻撃してきたため、部下たちは急ぎレオに報告と指示を仰ぎに来たらしい。

「魔物が活性化する夜に森に入るなど、まるで自殺行為だ……。少なくとも公爵領の者は夜は街の外に出ないよう命じてあるし、街の出入り口は兵士たちに任せてあるから、街の者ではないだろう。と、すると外部の者で、若い女性で、魔法が使えて、かつ魔物と魔族を同じように考えているとなると――」

ヒュースは顎に手をやって頭を悩ませる。

単純に襲われているだけならばすぐに救出に向かえばいいのだが、仲間にまで攻撃に及んだ者への対処をどうするか。

ただ錯乱していただけならば構わないが、ヒュースは仲間に害をなすものに手を差し伸べるほど優しくはない。

けれど、レイミアはそうではなかった。

「ヒュース様、考えるのは後にして、まずは助けに行きましょう」

「レイミア……」

「私がいたら、攻撃してこないかもしれませんし。どうでしょうか……？」

確かに人間のレイミアがいれば、ヒュースやその他魔族がいても攻撃されるリスクは減るだろう。

それに、実際その女性を救出するとなれば、ヒュースや他の者が魔物の討伐に当たるよりも、レイミアが言霊の加護で魔物の動きを止めたり、どこかへ追いやったりしたほうが早いのは確かだ。

「……分かった。細かいことは後にしてまずは向かおうか」

「はい……！」

ヒュースはレイミアの意見を受け入れると、レオに部下たちを待機させるよう伝える。そして、意味深な目配せをすれば、レオは理解したのか、コクリと頷いた。

それからレイミアを再び姫抱きすれば、ヒュースはバルコニーへと足を急がせた。

「あ、あのヒュース様、これは一体……？　なぜ私はこの体勢に……？　それに出口は反対方向ですが……」

「問題ない。この方が早いからな」

「早い？」

（確かに方向としては森に近いけれど……）

わけが分からず目を泳がせると、そんなレイミアの視界にはこちらを見て親指を立てているレオの姿が目に入る。

そしてそれは、レオの口の動きを読んだ瞬間だった。

（え？　何？　が、ん、ば、れ？）

「レイミア、私にしっかり摑まっていろ」

「えっ？」

――バサリと、ヒュースの背中に突如現れた漆黒の翼。

魔族が普段、翼を体内にしまっていることは知っていた。レオやブランが翼を広げたところは見たこともあった。

しかし、ヒュースが翼を広げている姿は見たことがなく、そもそも彼は半魔族なので、もしかしたら翼はないのやもと思っていたのだけれど。

「行くぞ」

「きゃぁぁぁぁぁぁあ……っ!!」

肌を刺すような風、先程とは比べ物にならない浮遊感、見たことがない角度からの景色。

少しずつ遠くなるレオに、見上げればいつもより近い様な気がする月と、こちらをじっと見ているヒュース。

レイミアは、初めての飛行に恐怖を感じていたものの、ヒュースと目が合うと、それは不思議となくなっていった。

「重いですが、よろしくお願いします、ヒュース様」

「レイミアにも羽があるのかと思うくらい軽いから、明日から毎日一緒に甘味を食べよう」

「ふふ……もう」

「……さあ、飛ばすぞ」

◇◇◇

一方その頃、バリオン森のとある場所では。

「っ……ハァ……ハァ……いたいぃぃっ、何で私が……っ、こんな目に……っ!!」

大聖女――アドリエンヌ。

彼女がバリオン森に足を踏み入れたのは、つい一時間ほど前のことだった。

理由はもちろん、レイミアを神殿へ連れ帰るため。そして、いざというときは自身が罪人にならずに済むように、罪をレイミアに被せるためである。

アドリエンヌは魔力切れを起こすと尻餅をつき、全身をガタガタと震わせながら、痛みと恐怖と苛立ちに顔を歪めた。

「レイミアのことがなければ……っ、絶対こんなところには来なかったのにぃぃぃ……!!」

アドリエンヌは結界の加護《ギフト》を使えるが、あまりの魔物の多さにそれは役に立たなかった。

それならばとアドリエンスは水属性の魔法で交戦するも、やはり数の多さには敵わないらしい。

「もう……いや……っ、魔族も出てくるし、魔物もこんなに……っ!! これも全部レイミアのせいよ……レイミアのせいで……っ、何で私がぁぁぁ!!」

アドリエンヌが命じてバリオン森の途中まで馬車に乗せさせた馭者は、魔物が現れた途端、直ぐに逃げて行った。

その時アドリエンヌは、後でその馭者に制裁を与えなければというくらいに思っていたが、もしかしたらそのときは訪れないかもしれないということを、今は頭の片隅で感じ取っていた。

魔物が蔓延るバリオン森。魔物が活性化する夜。一人でその地に取り残され、頼みの結界は役に立たず、しかも魔力切れ。

目の前には数え切れないほどの魔物で溢れかえっており、ギラついた瞳がアドリエンヌのことを狙っている。

——そして、次の瞬間だった。

「ぎゃぁぁぁぁぁぁあっ‼」

何体もの魔物がアドリエンヌに襲いかかると、鋭い爪で肉を切り裂いた。

「いやぁぁぁ‼　だずげでぇぇ……っ‼」

自慢の顔に、鋭い爪が突き刺さっているのが分かる。

誇らしげに靡かせていた髪が、ブチブチと音を立てているのが分かる。

けれど為《な》すすべがないアドリエンヌは、手足をバタバタと動かすことしかできなかった。

(どうして私がこんな目に……！　あの女を嫁がせたのがいけなかったの……？　それとも、ストレスの捌《は》け口にしたこと……⁉　連れ戻そうとしていること……⁉　全部……⁉　今の状況は全て……レイミアを虐めた私に対する報いだと言うの……⁉　もしそうだとしても……)

——全部、全部。悪いのは私じゃなくて、レイミアなのに……‼

「いやだぁぁっ‼　死にたくないぃ……‼」

大聖女だと持て囃《はや》され、多くの人から崇《あが》められた。

加護《ギフト》も、才能も、美貌も持って生まれたアドリエンヌは、望めば何でも叶ってきたはずだったのに。

けれど今、そのどれも役に立たない。

死を直前にした今、今までアドリエンヌが崇められてきた要因となる全てのものは、なんの意味も持たなかった。

「かごなしの、くせっ、にぃ……っ」

最後の最後まで、アドリエンヌはレイミアを罵倒した。

そして、理性なく襲いかかってくる魔物たちに飲み込まれる——そのときだった。


【魔物たちよ！　今直ぐ森の奥深くに行きなさい……‼】


上空から聞こえるレイミアの声。過去に、彼女のこんな力強い声を聞いたことがあっただろうか。

言霊によって、操られたかのように魔物たちはアドリエンヌの元から森の奥へと去って行く。

アドリエンヌは痛みと恐怖のせいでレイミアが何をしたのかあまり理解はできなかったけれど、助かった安堵からだろうか。それとも、加護なしだと、役立たずだと罵り、嘲笑ってきたレイミアに助けられたことが、何よりも悔しかったからだろうか。

血まみれの頬に、ツゥ……と雫《しずく》が零れた。

「何で……あんた、なんか、に…………」

漆黒の翼を持つ男に抱かれていたレイミアが駆け寄ってくる姿を視界に収めながら、アドリエンヌは意識を手放した。

◇◇◇

「……ヒュース様、アドリエンヌ様は大丈夫でしょうか……」

「さあ、どうだろうな」

――アドリエンヌが魔物に襲われた次の日。

レイミアは遅めの朝食を摂るためダイニングルームの席につくと、挨拶もそこそこにアドリエンヌの話題を出した。

やや眉尻を下げるレイミアに対して、ヒュースの表情は普段とあまり変わることはなかった。

現在、大怪我を負ったアドリエンヌはヒュースの指示で、神殿へと運ばれている。

一目で重症だと分かったため、病院ではなく、神殿にいる治癒の加護を持つ聖女に任せたほうがいいという判断だったからだ。

「少なくとも、レイミアのおかげで助かる可能性は上がっただろう。……まあ、私としてはあの女があのままどうなろうと知ったことではないが……生きて、正式に裁きを受けたほうがレイミアの心は晴れるだろうと思ったくらいで」

昨日、アドリエンヌの元へ駆けつけた時。

レイミアがアドリエンヌの名前を呼んだことで、ヒュースは初めて魔物に襲われたのが憎むべき相手だと知った。

ここにアドリエンヌが来た理由は分からなかったものの、ヒュースは傷付いた彼女の姿を見て、同情は一切湧かなかった。……それどころか、口には出さなかったものの、ザマァみろと思ったものだ。言わないが。

しかし、レイミアは違った。

「私のおかげだなんて……それは違います。全てはヒュース様が様々なことを手配してくださったおかげです。私はただ、ヒュース様にお願いしただけですし……」

レイミアはアドリエンヌの容体を見てから、直ぐにヒュースに彼女を神殿へ運び、治癒の加護を施すよう手配してほしいと頼んだ。

言霊の加護《ギフト》は凄い能力ではあるが、アドリエンヌの怪我をすぐに治してやることも、痛みだけを取り除いてやることも、できなかったからだ。

「それで十分だろう。実際私は、レイミアに言われなければ、あのまま捨て置いたかもしれない」

「ヒュース様はお優しいからそんなことはしませんわ」

「するさ。レイミアを傷付けてきたあんな女……君が頼まなければ絶対に助ける手配などしない。……まあ、もしかしたら、生きて罰を受ける方があの女は苦しむかもしれない、という考えが頭を過ったことは事実だが」

「…………」

分かっていたつもりだったが、レイミアが思っていたより、ヒュースはアドリエンヌに怒りを感じているらしい。

じっと見つめるレイミアに対して、ヒュースは困ったように笑ってみせた。

「私が怖いか？　それとも、冷たい男だと軽蔑したか？」

「……！　そんなこと思うはずありません……！　私はただ……その、本当に愛していただいているんだなって、再認識していただけです……！」

ヒュースに誤解されたくないがために言ったものの、レイミアは自身の発言を改めて考えるとぶわっと顔が赤くなってくる。

(なんだかこう、ムズムズするというか、なんというか、恥ずかしい……っ)

赤くなった顔を隠すように、レイミアは顔を両手で覆い隠す。

すると、そんなレイミアにヒュースが手を伸ばそうとしたところで、少し高めの声がその手を制した。

「ねぇ、僕がいるの忘れてない？」

「ぶ、ブランくん忘れてないわ……っ、忘れてないけれど……なんだかごめんなさい……」

頭をブンブンと縦に振って謝るレイミアの一方で、斜め向かいのヒュースは、冷ややかな目を向けてくるブランをギロリと睨みつける。

「ブラン邪魔をするな。昨日はあの女を助けるために触れ合いを邪魔されて、今日はお前が邪魔をするつもりか」

「こんな子供の前で触れ合いとか言わないでくれる？　ヒュースが言うと生々しいんだけど。あとナチュラルにくっつく感じなんなの？　多分僕の助言ありきだと思うんだけど。ヒュースお礼は？　感謝の言葉は？」

そこで、レイミアはハッとする。

ブランに背中を押されて思いを伝えられ、しかも成就したわけだが、昨日はアドリエンヌの件があったので、すっかり報告できていなかったと。

「ブランくん、その節はありがとう……！　私ちゃんと、思いを伝えられたよ」

「いや、レイミアじゃなくてさ」

「ブラン、アリガトウ」

「ヒュースはカタコトになるくらい言うのが嫌なら言わなくていいよ！」

以前とは違い、とても明るいダイニングルームの雰囲気に、部屋の端に待機しているシュナが珍しくクスリと笑うと、ノックの音が響く。

ヒュースが返事をすれば、入室してきたのはレオだった。

「どうした、レオ。こんな朝から」

「いやー、ヒュースもレイミアちゃんも昨日はお疲れさん。ブランはよく寝たか？　……んでさ、本題なんだが、王宮からが使者が来たからよ、それを知らせにきたんだが」

「使者？　こんな朝からか」

「ああ。もしかしたらあの大聖女様がどうなったのかの報告も兼ねてるんじゃないか？」

ヒュースとレオがやり取りする中で、レイミアは目を何度か瞬かせた。

ヒュースはそんなレイミアの様子に気付いたらしい。

安心させるように、彼女の頭に優しくぽんと、手をやった。

「実は昨日の夜、バリオン森へ行く直前に、レオに命じておいたんだ。ポルゴア大神殿内でのレイミアを除く聖女たちの言動、神殿長たちが見過ごしてきたこと。言霊の能力が開花する前のレイミアを嫁がせたことや、諸々《もろもろ》を綴《つづ》った書面を急ぎ陛下に届けるようにとな」

「……！　では、今来ていらっしゃる使者の方は……」

「ああ。私が送った書類を陛下は既に確認したんだろう。詳細は話を聞かないと分からないな。とりあえず行こうか、レイミアもおいで」

これからどんな話をされるのだろう。レイミアはそんな不安を持ちつつも、ヒュースに続くように立ち上がった。

「あんな目配せだけでここまで出来る俺って凄くない？」と、自画自賛するレオに、なんだか少しだけ緊張が解けたレイミアの足取りは、わりと軽いものだった。

それからレイミアは、応接間で使者と向き合うと、まずは力いっぱい頭を下げられた。

どうやら、神殿内でのレイミアの不当な扱いについて、使者が代わりに謝ってくれているようだが、とにかく説明を、と話を進めてくれたのはヒュースだった。

「まずは昨日の夜、届けられた書面について、こちらでも夜通し確認を行いました。一応後で言霊の加護の能力だけは一度お見せいただきたいのですが……それは一旦置いておきまして――」

そこから使者は、レイミアとヒュースに交互に視線をやりながら、おずおずと話し出した。

端的に言えば、書面に書かれていた神殿内でのレイミアの扱いは、全て事実であるという裏が取れたということ。

そのため、神殿長の罪も大きいとして、一生聖職には就けなくなったこと。どうやら罰の一つとして、持ち家も没収されたらしい。

その他の神官は厳重注意と、一年間の減給が言い渡されたとか。

「因みに聖女たちですが――」

アドリエンヌ以外の聖女たちもレイミアに不当な扱いをしたものの、基本的にはアドリエンヌの指示であった。

かつ、聖女たち全員を神殿長のように聖職から外すことは国の根幹に関わるため、彼女たちにも厳重注意と、減給が言い渡されることになった。あと、どれだけ魔物が蔓延る地域でも、今後は拒否なく要請を受けるよう、条件も呑ませたらしい。

「あ、あの……それで、アドリエンヌ様はどうなったのでしょうか……？　それに、なぜ昨夜バリオン森に訪れたのかも気になりまして……」

「ではまず、なぜ昨日あの者がこの地に訪れたのかご説明しますね。これは元神殿長が言っていたのですが――」

　そうして、そこでレイミアはアドリエンヌの行動の意味を知り、身震いした。

（加護なしの私を嫁がせたことがバレたら罪になるかもしれないから、私を連れ戻しにきた……？　しかもいざとなったら、私に罪を被せようとしていただなんて……なんてことを……）

　アドリエンヌを助けたことは後悔はないが、レイミアはもしかしたら訪れていたかもしれない未来にゾッとする。

　すると、ヒュースにギュッと肩を抱き寄せられ、レイミアは不安が混じった瞳をヒュースにぶつけた。

「ヒュース様……私……」

「大丈夫だ、レイミア。あの女が言っていたようなことにはならない。そもそも神殿側が悪いのだし、君は正真正銘、言霊聖女だ」

「それは、そうですけれど……」

　レイミアたちの会話に、使者が「話の腰を折って申し訳ありませんが、一度言霊の加護を見せていただいても？」と問いかけると、レイミアはもちろんですと頷いて、使者に対して加護を使ってみせる。

「疑っていたわけではありませんでしたが……素晴しい能力ですね」

「ああ、本当に。レイミアのおかげでかなり相手にする魔物が減った。睡眠時間も確保できるようになった。ありがとう、レイミア」

「い、いえ……！　私は自分にできることをやっただけですので……！」

ふんわりと笑うヒュースに、レイミアは手をブンブンと振って謙遜すると、信じられないものを見るような目で見てくる使者と目が合った。

（ハッ……！　もしかしてヒュース様って一部では冷酷だって言われているから、驚いているのかしら……っ）

本当はとても心優しくて、情が熱い人だというのに。ときどき怖いが。

（……って、今はそんなことを考えている場合じゃないわ）

まだ話は終わっていない。……どころか、一番大切なことが残っているのだから。

レイミアは気を引き締めると、姿勢を正してから使者へと向き直った。

「それで、あの……アドリエンヌ様はその後容体は……？」

「それが――」

使者の言葉に、レイミアは目を見開いた。

「一命は取り留めたけれど、全身に大きな傷痕が残る、ですか……」

「はい。治癒の加護を持つ聖女の話では、傷が深すぎるから痕は残るだろうと。重傷だったので、命が助かっただけで奇跡だと思いますが」

アドリエンヌの全身の怪我の数々は、目を逸らしたくなるほどだった。特に頬の深い傷。

大聖女と呼ばれるのには、その美貌も一役買っていたことから、目を覚ましたアドリエンヌは、自身の姿に絶望することだろう。

「そうですか。教えていただきありがとうございます」

「いえ」

「それで、今後のあの女の処遇は？」

アドリエンヌは痛みと傷を負ったわけだが、それも全て身勝手な行動のせいだ。

これだけで済まされるはずはないという圧をかけて問いかけたヒュースに対して、使者は淡々と口を開いた。

「聖女の資格剝奪はもちろん、魔力消滅のバングルを付けることは、現時点で確定しています」

ヒュースやレオ、シュナにブランたちが着けているバングルは、魔力を制御するものだ。

それに対して、アドリエンヌが着けるものは魔力を消滅させるもので、一度着けたら最後、二度と魔力が体内に宿ることはない。もちろん、加護の能力も発動することはできない。

嘲笑うかのように、加護の紋章だけが残り続けるのだ。

「まあ、妥当だろうな。あんな奴に権力も地位も力も残しておく必要はないだろう。レイミアはどう思う」

「私も同じ意見です。私の次に苦しむ子を作らないためにも、必要な処置だと認識していますわ」

「かしこまりました。ではその他について。これは、まだ未確定なのですが――」

アドリエンヌは回復後、まずは裁判を受けることになる。

レイミアへの行い、王命への違反等々は重罪だが、侯爵家の令嬢ということ、事実はどうあれ大聖女として民の安寧の象徴になったことへの配慮から、一生牢屋暮らしにはならないだろう。

なにより、そんなことをさせても性根の腐ったアドリエンヌは反省しない、税金の無駄遣いだろうという国王の考えもあった。

「そのため、いっときは牢屋で過ごさせ、その後は神殿へ移送いたします」

「神殿へ……？　けれど聖女の資格は剝奪するのですよね……？　それに魔力も……」

「はい。もちろん、以前と同じ待遇で戻れるわけではありません。それどころか……本人からしてみれば、あのまま牢屋で暮らしていたほうが幸せだったと思うかもしれませんね。……まあ、罰ですから」

そんな使者の説明の意味を、レイミアはその時はっきりと理解した。だから——。

「あの、お願いがあるのですが——」

◇◇◇

「どうして私がこんな目にぃぃ……!!」

アドリエンヌは回復後、聖女の資格を剝奪され、魔力が消滅させられたことを告げられた。

その後裁判を受けて罰が確定し、投獄され、再び神殿に戻ってきたアドリエンヌに科された仕事は、清掃係だった。

もちろん、そんなアドリエンヌに同情する者も、手伝うと名乗り出る者は一人もいるはずはなく——。

「ふふ……見てあのアドリエンヌの姿。あの醜い顔の傷……かっわいいそうに……それに、這いつくばって床を拭いている姿なんてまるで虫だわ」

「……クソォォ……!!」

見下すような顔をして、クスクスと笑う聖女たち。今までアドリエンヌには嫌みを言われたり、さんざん我が儘を言われてきたのだから、こうなってしまうのもいたしかたないだろう。

しかし思いの外罵詈雑言は続かなかった。

「ちょっと、悪口なんて言ったらレイミア様が悲しまれるわよ？　過去に虐めに加担した私たちの謝罪も受け入れて罪を不問にしてくれたような慈悲深いお方を裏切ってはいけないわ」

「あっ……そうよね。いけないいけない！　世界で唯一の言霊の加護を持つ大聖女のレイミア様は、自身のような境遇に誰にも遭ってほしくないっておっしゃっていたものね。本当にお優しいわ～」

「本当よね！　アドリエンヌのことも不当な扱いはしないようにって、わざわざ陛下の使者にお願いしたんでしょう？　新しい神殿長が言ってたわ！　本当に心が清いお方だわぁ。誰かさんと大違い」

「だーかーらー！　そういうのが駄目なんだってば！」

現在聖女たちは、慈悲深く、世界で唯一の加護を持ちながらも偉ぶらないレイミアのことを崇拝している。勝手に大聖女と呼んでいるくらいだから、相当だろう。

だから、聖女たちはレイミアが悲しむようなことはしたくないし、しないと心に決めているのだ。互いに醜い感情を監視しあって、できる限りの対処をしていた。

「けれど、これだけは言っておかないとよね」

そんな中、聖女の一人が床を拭いているアドリエンヌの側まで歩いて行く。

「ねぇ、アドリエンヌ」

「なっ、何よ……!!」

アドリエンヌがその聖女を睨みつければ、聖女はニッコリと微笑んで口を開いた。

「えらく悔しそうに清掃をしているけれど、投獄の後にあんたがここに送られてきた理由は、今までレイミア様にしてきたことを、今度は自分自身の身で一生味わうためだったのよ？　私たちに一生虐められることがね、本来のあんたの罰だったの。そこのところ分かってる？」

「は……？」

「レイミア様がいなかったらね、あんたは毎日の食事も、湯浴みも、清潔な服も何もかもなかったのよ？　毎日汚水をかけられて、臭いだの汚いだの魔力なしだのと罵られて、一生ここで死ぬまで扱《こ》き使われるはずだったの。良かったわね？　そうならなくて」

一人の聖女がそう言うと、他の聖女もぞろぞろとアドリエンヌの近くまで集まってくる。

そうして、口を揃《そろ》えて言うのだった。

「一生レイミア様に――大聖女様に感謝しなさいね。あんたはね、レイミア様のおかげでまともな生活ができるのよ。元、大聖女さん」

その言葉を最後に、アドリエンヌの元から聖女たちは去って行く。

一人残されたアドリエンヌは、雑巾を壁に力強く投げ付けた後、鼻息を荒くしながら奥歯をギリリと嚙み締めた。

「クソォ……!!　クソォ……ッ!!」

虐めていた相手――圧倒的に自分より非力で、何も力を持っていないと思っていたレイミアのおかげで、まともな日々が送れる。

そのことを知ったアドリエンヌは、悔しさとあまりの情けなさに、涙がボロボロと溢れたのだった。

◇◇◇

――とある日のこと。

メクレンブルク公爵邸では、普段と変わらぬ日常が流れていた。

「レイミア様、お疲れ様でございました」

「シュナ、ありがとう。以前に比べて、言霊を使ってもだいぶ魔力を消費しなくなってきたから、これから夫人教育も難なく受けられそう……！」

「それは良うございますね」

定期的にバリオン森へ出向き、言霊の加護を使って魔物を森の奥へと誘導し、ヒュースたちの負担を軽くしていたレイミア。

当初は魔力が切れそうになったり、疲労困憊《ひろうこんぱい》になったりすることがあったものの、今ではもう慣れたものだ。

少しずつ始めていた公爵夫人になるための教育も順調で、屋敷の皆ともより一層仲を深めることもできている。

もちろん、ヒュースとの仲も、それはそれは良く――。

「レイミア、今から少しなら時間はあるか？」

「ヒュース様！　はい、夫人教育までは少し時間がありますので」

突如部屋に入ってきたヒュースにそう問われ、レイミアは満面の笑みを見せる。

いくらレイミアが言霊の能力を使ったとしても、公爵として忙しいヒュースが、日中に部屋を訪ねてくれることはあまりないからだ。

「それなら、庭園を散歩しよう。今はちょうど花が見頃だからな」

「はい……！　喜んで！」

とはいえ、常に寝不足で、昼夜問わず仕事や魔物の討伐ばかりをしていたあのときのことを思えば、ヒュースは大分暇になったのだとか。

顔色もよく、睡眠が取れるようになったことで仕事にも精が出ると言われたことは、記憶に新しかった。

庭園に着くと、――ふわりと、風に吹かれて花が踊るように揺れる中、レイミアとヒュースは手を繋ぎながら歩いて行く。

恥ずかしいながらも、彼の手をギュッと握り返したレイミアは、庭園の美しさに「わあっ」と感嘆の声を漏らした。

「美しいですね……ヒュース様」

見渡す限りの色とりどりの花。公爵邸に来た頃は、ヒュースや屋敷の皆、民のために役に立ちたいからと必死で、言霊を使いすぎで疲れていたこともあってゆっくり見ることができなかった庭園だったが、こんなに美しいだなんて知らなかった。

「ああ。本当に……」

「……。ヒュース様、どこを見ていらっしゃいますか？」

ジッと見つめてくる視線を感じてそう問えば、ヒュースは小さく「ふっ」と笑ってみせた。

「もちろん、レイミアを見ていた」

「……っ、もちろんじゃありませんわ……！　私を見てもつまらないと言いますか……お庭のお花のほうが美しいですし……」

「そんなことはない。私からすれば、レイミアよりも美しいものはないよ」

「〜〜っ」

気持ちのいいそよ風に包み込まれる中、目を細めて笑ったヒュースと視線が絡み合う。

恥ずかしいような、けれどもっと近くで見たいようなそんな感覚に、レイミアの口からは、自然とその言葉が漏れた。

「好きです、ヒュース様……」

「私も、愛している。――レイミア」

――直後、二人の距離が近付いていく。

レイミアが爪先立ちになったのが先だっただろうか。

ヒュースが少し腰を屈めたのが先だっただろうか。

「レイミア、本当に嫌だったら言霊を使え。そうじゃないと止まらない」

切羽詰まったようなヒュースに、レイミアは少しキョトンとしてから、小さく首を横に振る。

恥ずかしそうに、けれど嬉しそうに、そっと目を閉じて彼の柔らかなそれを受け入れた。

祝福の証

ヒュースとの結婚式を一ヶ月後に控えたある日。一日の仕事をすべて終えて、自室で休むレイミアの表情は暗いものだった。

「どうしましょう……」

レイミアがそんなふうにぽつりと呟くと、紅茶を淹れているシュナが「どうかされましたか？」と問いかけた。

「うーん……それがね……」

「もしや連日の忙しさでお疲れでしょうか？　今から全身ぷるぷるマッサージを行いますか？あっ、それとも疲れ過ぎて夕飯があまり食べられませんでしたか？　それなら早速夜食の支度を。結婚式まではまだ一ヶ月ありますから、たまには夜食を召し上がっても全く体型には響かないと思います……どころか、レイミア様はもう少し体に幸せを蓄えても問題ないと思いま――」

「待って待って！　シュナ、そうじゃないのよ！」

シュナの追求は的外れではなかったが、今のレイミアの憂いはそこではなかった。

確かに、結婚式を一ヶ月後に控えたレイミアは尋常ではなく忙しかった。

いつもの聖女としての仕事に加えて、本格的に始動した公爵夫人としての教育に、より細やかな魔族や魔物に関しての勉強。そこに結婚式の準備や体のメンテナンスも加われば、息をつく暇もないくらいに忙しい日々が続いていたのは事実である。

（けれど、これは私が望んだことで、誰かに強制されたことじゃないもの。聖女として働けるこ

とも、ヒュース様の妻になるために学べることも、結婚式の準備も、大変だけれどとっても楽しい！　……んだけど）

そう、忙《せわ》しない日々は、確かに疲れるけれど、楽しかった。

では、何が問題なのかと言うと――。

「ブランくんが、最近冷たい……」

「ああ、なるほど。そのことでしたか」

シュナにも思い当たるところはあるようで、うんうんと頷いている。

レイミアは、ハァ……とため息を漏らした。

「原因ははっきりしているの。結婚式の準備が始まってから、中々あの子と遊んであげられてないから……」

「レイミア様のことが大好きですからね。……おそらく、拗ねているのでしょう」

「ええ、多分ね……」

ブランに一緒に暮らそうと誘ったのはレイミアだ。ブランが誰よりも懐いている相手もレイミアだ。

つまり、ブランにとってレイミアはかけがえのない存在であり、いくらブランが聡いと言ってもあまりに構ってもらえないと拗ねるのもおかしくはない、のだけれど。

「どうしてもブランのことが気掛かりなのでしたら、旦那様にお話しして一日お休みを頂いてはどうでしょう？　その日を目一杯ブランに使ってあげれば、ブランも拗《す》ねるのをやめるかもしれませんよ？　レイミア様と一緒にいられたら、ブランは直ぐに機嫌を直すかと」

「そ、そうかな？　……けど確かに、言ってみる価値はありそうね！　ありがとう、シュナ」

そうと決まれば即実行だ。レイミアはシュナが入れてくれたお茶を飲み干すと、早速ヒュースの部屋に向かった。


「──なるほど。それで休みが欲しいと」

「はい。諸々の勉強や準備も大切だとは思うのですが……」

ヒュースの部屋を訪ねてから、ソファに彼と横並びに座ったレイミアは、コクリと頷いた。

(湯浴みを済ませたヒュース様も格好いい……って、そうじゃない！)

そんな雑念が頭に浮かんでくるが、レイミアはブンブンと首を横に振ると、彼の言葉に耳を傾ける。

「いや──寧《むし》ろ、レイミアは働き過ぎだから休むようにと、いつ言おうかと思っていたところだったから丁度いい。諸々の伝達は私がしておくから、明日は一日休んでブランの側にいてやるといい」

「……！　ありがとうございます、ヒュース様！」

「まあ、ブランがあの様子では私も調子が出ないからな」

ヒュースは優しい。だから、きっと彼なら休むよう言ってくれるとは思っていたものの、まさか前々から休ませようとしてくれていただなんて思わなかった。

それに、どうやらブランのことも心配してくれているらしいのだ。

普段ヒュースはブランに表立って優しくすることはないのだが、やはり大切に思っているらしい。

大事な人が大事な人のことを大切に思っていることは幸せだなぁと思ったら、レイミアの心はじんわりと温かくなった。

「えへへ、ヒュース様は、本当にお優しいですね」

ヒュースの優しさが嬉しくて、彼が愛おしくて、レイミアは頭をこてんと横に倒して彼の肩に預ける。

そうすれば、ヒュースは一瞬驚いたような表情を浮かべた直後、喜びをまぶたに浮かべて、レイミアの手に自身の手を重ねた。

「結婚式が終わったら、私のためにも時間を作ってくれるか？」

「はい！　それはもちろん！　その時は何をしましょうね。街に行くのも良いですし、ピクニックも楽しそう……！　あっ、ピクニックに行くならお弁当は私が――」

「確かに、それも大変魅力的だがな」

ヒュースはレイミアの言葉を遮ると、空いた方の手をレイミアの頬にするりと滑らせる。

その手つきにレイミアの体はピクリと揺れて、先程までの緩みきった表情から、やや緊張した面持ちへと変化したのだった。

「もう少し、夫婦にならないとできないことがしたいな。例えば、一緒のベッドで眠るとか——それ以上のこととか」

「……!?」

口をパクパクとして困惑を見せるレイミア。そんな彼女の横髪を耳にかけながら、ヒュースは口を開いた。

「私のために時間を作ってくれると言質は取ったからな。レイミア、楽しみにしておくよ」

「まっ、待っ——」

その瞬間、彼のそれによって塞がれた唇。羞恥や困惑がごちゃ混ぜになるのに、幸福感が上回ったレイミアはそっと目を閉じた。

◇◇◇

「え!?　今日は一日レイミアと遊べるの!?」

次の日のこと。早速朝一でブランに一日中遊べることを伝えると、彼は飛び跳ねて喜んだ。

（ふふ、ブランくんご機嫌だなぁ、良かった……！）

昨日までとは打って変わってご機嫌なブランは、早く遊びたいのか急いで朝食を平らげている。

レイミアもそれに続くように食事を済ませると、「今日は何したい？」と問いかけた。

「じゃあ、まずは木登りがしたい！」

「い、良いけど、私あんまり高いところまでは付き合えないよ？」

「うん！　別に高いところに登りたいんじゃなくて、レイミアと一緒に登りたいだけだから良いよ！」

「ブッ、ブランくん……‼」

（何この子天使なの？　可愛い過ぎる……！）

可愛いブランにほっこりしつつ、レイミアはブランと手を繋いで中庭へと繰り出した。


それから二人は当初の予定通り木登りを楽しんだ。

それが終わってからは、二人で庭園の植物や虫を観察したり、公爵邸の庭にある池で魚釣りをしてみたり。

昼食はシュナが気を利かせて持ってきてくれたバスケットに入ったサンドイッチを芝生《しばふ》の上で食べながら、他愛もない会話をして笑いあった、のだけれど。

「ブラン、眠ってしまいましたね」

昼食を済ませた後、バスケットを片付けようとやってきたシュナの視線の先には、座るレイミアの太腿《ふともも》に頭を載せて眠っているブランの姿があった。

「サンドイッチを食べたあと、直ぐに眠っちゃったの。沢山遊んで疲れたところに、お腹もいっぱいになったからかしら。ふふ、とっても可愛い寝顔」

「何で起こしてくれなかったのと後で怒りそうな気がしますが」

「そうね。けれど、こんなにぐっすり眠っているブランくんを起こしたりなんてできないしね」

「そうですね」

心地よい風に、それに呼応するように揺れる草木。

日差しは届いているものの程良い暖かさで、とても過ごしやすい。

とはいえ、ブランが自身の太腿の上で寝ているとなると、レイミアは好きなようには動けないわけで。

「シュナ、申し訳ないんだけど、ブランくんにかけるブランケットと、暇をつぶせそうな本を持ってきてほしいの」

そうシュナに頼めば、次の瞬間だった。

「それでしたら、既に用意がございます」

「えっ⁉」

どこからともなく出されたブランケットと数点の本。レイミアが口をあんぐりと開けた数秒後
「流石シュナ、ありがとう」と言ってそれらを受け取ると、同時にシュナは諸々の荷物をまとめ、

立ち上がっていた。

「では、私は片付けをしてまいりますので、どうぞごゆるりと」

「ええ。いつもありがとう、シュナ」

その後、去っていったシュナの背中を見送ったレイミアは、ブランが風邪を引かないようにブランケットをかけた。

そして、しばらくブランの寝顔を堪能してから、シュナが用意してくれていた本の一冊を手に取った。

「えーと、何々……魔族について……」

そこには魔族について様々なことが書いてあったのだが、その中でも一番レイミアが注目したのは、魔族の角に関する記述だった。

「なるほど……魔族は自身や身内に子が生まれると、生涯幸せでいられますようにという思いを込めて、その子の角にキスをするのね。それを、祝福の証と呼ぶ……」

（でも……ブランくんは……）

両親に捨てられたブランはもしかしたら両親から祝福を与えられていないかもしれない。いつの日かブランがそれを知ったら、悲しむかもしれない。

（こんなに、可愛くていい子なのに……）

そんなことを思っていると、急に手元にある本に影が差す。

レイミアは何かと思い顔を上げると、腰を屈《かが》めてレイミアの手元をじっと覗き込んでいるヒュースがいた。

「ヒュース様、どうしてこちらに？」

「レイミアとブランはどんな様子かと見にきたんだ。そうしたら、ブランは寝ているし、レイミアはえらく真剣に読書をしているから何を読んでいるんだろうと思ったが——そうか、祝福か」

ヒュースはすこし悲しそうにそう言うと、レイミアの前へと腰を下ろして、ブランの頭をそっと撫でる。その手付きには、親が子を慈しむような、そんな優しさがあった。

「……はい。ブランくんは、もらっていないのかなと思って……」

「かもしれないな。まあ、私たちが与えてやることはできなくもないが」

さらりと言ってのけるヒュースに、レイミアからは「えっ？」と上擦った声が漏れた。

「本当の親じゃないのにですか？　ましてや、私は魔族ですらないのに……」

「そんなことを言ったら、私だって半魔族だ」

「いや、それはそうなのですが……」

レイミアにとってブランは目に入れても痛くないと思えるほどに可愛い存在だ。それこそ、出産経験はないが我が子のように愛している。

だから、もし構わないのならばブランに祝福を与えたいと思ってはいたのだけれど。

「ヒュース様も、ブランくんに祝福を？」

「ああ。私はレイミアの夫となる身だからな。それに、私も何だかんだブランのことは可愛い」

「ヒュース様……」

「……それにだ、話は戻るが、こういうことに大切なのはきっと、私とレイミアがブランの幸せを心から願うことじゃないか？」

「……確かに、そうですね……！」

とはいえ、これはレイミアとヒュースが勝手に話していることで、当のブランはどう思うだろうか。

起きたら祝福の証について話してみようとレイミアが考えていると、その瞬間、ヒュースがブランの頬を抓ったのだった。

「ちょ、ヒュース様⁉」

「いたたたっ！　何するのさ、ヒュース！」

驚いたというよりは怒りをあらわにするブラン。寝起きの割に目もぱっちりと開いており、ヒュースが居ることに驚いている様子もない。

（もしや……？）

とレイミアが考えていると、ヒュースがため息を漏らした。

「私が来た辺りから寝たふりをしていたから、起きるタイミングをくれてやっただけだ」

「だとしてももっと優しく起こしてくれる⁉　僕のこと可愛いんでしょ⁉」

もはや寝たふりをしていたことを隠す気はないらしい。

饒舌《じょうぜつ》なブランに、レイミアはあははっと笑い声を上げてから、問いかけた。

「聞いてたなら話が早いね。ねぇ、ブランくん、私とヒュース様からも、ブランくんのことが大好きだから祝福の証をあげたいの。いいかな？」

そんな問いかけに、ブランはレイミアの太腿の上から顔を退かすと、ちょこんと膝を抱えるようにして座る。

そして、レイミアとヒュース、両者に一瞬目配せをしてから、恥ずかしそうに囁いた。

「レイミアはもちろんいいよ。……ヒュースは、どうしてもっていうなら、させてあげてもいいよ」

「……！　やった！　ありがとうブランくん！」

「生意気な……。まあだが、今日はいいか」

ニッコリと笑ったレイミアに、微笑みを浮かべているヒュース、気恥ずかしそうに、けれど幸せを噛み締めているブラン。

「ブランくんが」

「ブランが」

「「ずっと幸せでいられますように」」

レイミアはブランの右の角に、ヒュースはブランの左の角にそれぞれ口付けを落とす。

特別なことなんて何も起こらなかったけれど、ブランは「なんかあったかい……」と呟いて、嬉しそうに笑ってみせた。

◇◇◇

――結婚式当日。

レイミアはウェディングドレスに身を包んで、入場の時を待った。

「……ああ、緊張してきました……っ」

両親がいないも同然のレイミアは、ヒュースと共に入場することになっている。隣にいる白い正装を身に纏ったヒュースの格好良さは言わずもがななわけだが、諸々手順を間違えないか不安で仕方がなかった。

「レイミア、落ち着け。あれだけ練習したんだから大丈夫だ。それに、万が一間違えてもここはマナーを披露する場じゃない。私たちの結婚を祝う場なんだから、少しくらい平気だ」

「そ、それはそうかもしれませんが……」

緊張で小刻みに震える体。腕を絡ませているために、ヒュースはレイミアの震えを感じたのか、少し眉尻を下げると後方に一瞥《いちべつ》をくれる。そして、「ブラン」と、柔らかな声でその名を呼んだ。

「レイミア、僕も多少緊張してるけど、きちんとベールを持って一緒に歩いてあげるからね！

どこかに引っ掛けるなんてこともないから大丈夫だよ！」

「ブランくん……そう、よね！　ぅん、そうね！　ブランくんもいるんだもの、頑張らないと……！」

――祝福の証を与えられたのがよほど嬉しかったのか、結婚式までの慌ただしい日々の中でも、ブランは寂しさのあまり拗ねたり、冷たい態度を取ることはなくなった。

むしろ、「レイミアにも幸せになってほしいから色々準備を手伝うよ」と言ってくれていて、今日のベールボーイの役目も名乗り出てくれた。結婚式の打ち合わせではヒュースとブランが何やら可愛い言い合いをすることもあって、本当に楽しい一ヶ月となったものだ。

（ふふ、ヒュース様とブランくんのいろんなやり取りを思い出したら、何だか少し緊張が解けた気がする）

レイミアが、励ましてくれたヒュースとブランにお礼を伝えると、直後に鳴り響く鐘の音。

それは入場の合図を示すもので、レイミアは前方の扉をじっと見つめる。

そのとき、ヒュースから名前を呼ばれたレイミアは、どうしたのだろうと彼の方を向いた。

「レイミア、一生君だけを愛すると誓う」

「……え!?　なっ、何故いきなり……!?」

「急に伝えたらより緊張が解けるかと思ってな」

「た、たしかにそれはそうかもしれませんが……っ」

（突然だし、今から入場だし、ヒュース様の告白を聞いたブランくんは顔歪めてるし……!!）

いくら緊張を解くためとはいえ、ここで言うなんて、やめてほしいとレイミアは思ったのだけれど。

「……それと、伝えたくなったんだ。美しい君を見て、今、どうしても」

「……っ」

聞いていられないくらい甘い声で、ヒュースがそんなことを言うものだから。

「……そんなふうに言われたら、私もお伝えしたくなります」

「…………!」

レイミアはベール越しにヒュースを見つめると、花が咲いたように微笑んだ。

「私も一生、ヒュース様を愛することを誓います」

「……っ、ああ。なんて、幸せな日なんだろうな」

今から皆の前で、そして神に誓うはずの言葉を言い合う二人に、「まったくもう……」と言いながらも、ブランの表情は明るいものだ。

「ほら、早く行こうよ、レイミア、ヒュース。皆が待ってる」

——それから、レイミアたちは皆に祝福されて、バージンロードを歩いた。

涙ぐむシュナに、満面の笑みを浮かべるレオ、鳴り止まないほどの拍手。

そして、微笑み合って歩くレイミアとヒュースに、ブランはこう願わずにはいられなかった。

――二人が、ずっと幸せでいられますように。

◇◇◇

およそ二年後。

メクレンブルク公爵邸には、新たな命が誕生した。

目がヒュースに、口元がレイミアにそっくりの女の子。名前はピナ。

ヒュースの傍らでピナを抱くレイミアにおいでと手招きをされたブランは、レイミアの頼みにもちろんと頷いた。

「ピナがずっと、ずーっと、幸せでいられますように」

ブランが小さな角にそっと口付けを落とすと、ピナがへにゃっと笑ってみせた。

あとがき

皆さま、こんにちは、または初めまして。櫻田《さくらだ》りんと申します。

『加護なし聖女は冷酷公爵様に愛される～優しさに触れて世界で唯一の加護が開花するなんて聞いてません！～』を手に取って下さり、ありがとうございます。書籍化にあたり、WEB連載からかなり加筆修正をさせていただきました。

個人的には、リベンジデートを書くことができてとても嬉しいです。番外編のプランのお話と、ラブラブ結婚式のお話もお気に入りなので、楽しんでもらえたら幸いです。

イラストは、萩原凛《はぎわらりん》先生が健気で可愛いレイミアと、心優しく格好いいヒュースを描いてくださいました。本当にありがとうございます。他にもWEBで応援してくださった皆様、担当様、Niμノベルスの編集部の皆様、デザイナー様や校正様など、この本に携わってくださった皆様に、心からお礼申し上げます。

最後に、本作が皆様にほんの少しでも癒しと胸キュンを届けられていますように。楽しい時間を届けられていますように。改めて、ありがとうございました。

NiμNOVELS

好評発売中

死の運命を回避するために、未来の大公様、私と結婚してください！下

江本マシメサ

イラスト：冨月一乃

クラウス様は、わたくしの婚約者です

エルーシアの目の前で消えたヒンドルの盾の行方は今もわからない。

死因不明のまま、父の遺体はどこかへ消えてしまった。あの継母たちが絡んでいるに違いないと確信するエルーシアは、証拠を探すためクラウスとともに変装して屋敷に帰ることに。

正式に婚約者となったクラウスはエルーシアをときめかせることばかりしてくる。

「結婚式は春の暖かくなった季節にしよう」

クラウスを気に入った隣国王女が現れ、また面倒事に巻き込まれる中、今度は血塗れのクラウスを看取る予知夢をみる。もう彼なしの人生なんてありえない——エルーシアは彼を庇うと決めて……。

大団円の完結巻！

ファンレターはこちらの宛先までお送りください。

〒110-0015　東京都台東区東上野2-8-7
笠倉出版社　Niμ編集部

櫻田りん 先生／萩原凛 先生

加護なし聖女は冷酷公爵様に愛される
～優しさに触れて世界で唯一の加護が開花するなんて聞いてません！～

2024年2月1日　初版第1刷発行

著者
櫻田りん
©Rin Sakurada

発行者
笠倉伸夫

発行所
株式会社　笠倉出版社
〒110-0015　東京都台東区東上野2-8-7
[営業]TEL　0120-984-164
[編集]TEL　03-4355-1103

印刷
株式会社　光邦

装丁
Keiko Fujii（ARTEN）

Niμ公式サイト　https://niu-kasakura.com/

ISBN　978-4-7730-6434-6
Printed in Japan